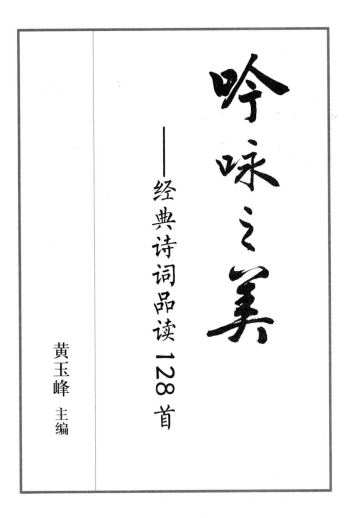

吟咏之美

——经典诗词品读128首

黄玉峰 主编

中华书局

图书在版编目(CIP)数据

吟咏之美:经典诗词品读128首/黄玉峰主编. —北京:中华书局,2018.1
ISBN 978-7-101-11738-7

Ⅰ.吟… Ⅱ.黄… Ⅲ.古典诗歌–诗歌欣赏–中国–青少年读物 Ⅳ.I207.2-49

中国版本图书馆CIP数据核字(2016)第091444号

书　　名	吟咏之美——经典诗词品读128首	
主　　编	黄玉峰	
责任编辑	王传龙　潘媛媛	
出版发行	中华书局	
	(北京市丰台区太平桥西里38号　100073)	
	http://www.zhbc.com.cn	
	E-mail:zhbc@zhbc.com.cn	
印　　刷	北京瑞古冠中印刷厂	
版　　次	2018年1月北京第1版	
	2018年1月北京第1次印刷	
规　　格	开本/710×1000毫米　1/16	
	印张15　插页2　字数400千字	
印　　数	1-5000册	
国际书号	ISBN 978-7-101-11738-7	
定　　价	35.00元	

编辑委员会名单

主　编

黄玉峰

副主编（按姓名笔画排序）

王巨汪　汪天云　夏江南　张林德　陈国栋　过传忠　谢家骝

编　委（按姓名笔画排序）

王一川　王巨汪　王心平　王　玉　王幸华　毛国伦　朱震岳

刘　谋　孙光萱　杨先国　杨　杰　吴莉莉　张芝兰　张　廉

张德胜　周唯信　周　粤　赵志伟　姜乃振　姜克勤　姚子明

骆玉明　顾明怀　倪正明　徐　丹　殷振邦　曹志苑　彭超美

喻石生　薛金福

序

黄玉峰

　　《吟咏之美》《无字之诗》《说话之道》这三本书要重版了，正值我失去爱子之际，心神难平，几度执笔，皆泣不成声。我的家教是从诗画开始的，儿子自小读诗画画，《诗经》、《楚辞》、唐诗、宋词，七八岁能背诵上百首，我至今还保存着儿子幼年时的诗词条幅和国画扇面。其中最早的是他四岁时抄的杜牧的两首诗，"烟笼寒水月笼沙"和"折戟沉沙铁未销"，写的是隶书，用笔自然，姿态灵动，富于天趣。他写完后我表扬了他，并要他诵读一遍，他那清亮稚嫩的童声还在我耳畔萦绕，却先我成了古人！

　　帕斯卡尔有一句名言："人应该诗意地栖息在大地上。"但是由于种种压力，现代人的生活中已经很少有"诗"了，没有诗的生活是乏味的。不过，中国本来就是真正意义上的"诗的国度"，中国诗词源远流长，名家辈出。中国古代第一本诗歌总集就是孔夫子亲自编纂的。到了唐宋，诗词创作几乎成了每个读书人必备的基本素养。

　　吾儿在世时，虽然不写诗，却颇有诗人的气质，热情，旷达，谈吐风雅，豪爽不羁，这大概与他幼年的积累有关。他有很多很多朋友，朋友们都喜欢与他聊天。他去世后，前来吊唁的朋友有几百人之多。有从美国飞来的，有从英国飞来的，有从香港、深圳飞来的，有从北京飞来的，有从温州、重庆飞来的，他们与我谈起吾儿生前的好处，为失去这样一个好朋友而失声痛哭！我想这除了他对朋友真诚外，也许因为他读了点诗，又喜欢画画，语言较有魅力吧。孔夫子曾说，学了诗，才会说话。这在吾儿身上，也得到了验证。

这三本书最早是上海教育电视台的一档电视节目。二十多年前，有感于电视节目的匮乏和人们对诗歌绘画艺术的疏远，我与新成立的上海教育电视台领导商量，开辟一档介绍和欣赏古代诗画的栏目。由我担任总撰稿、总策划，聚集了沪上大中小学的优秀学者教师，并得到了我的好友陶惠民先生的一笔资金相助，便启动了。栏目取名为《诗情画意》，是一档对话式的节目，由时任复旦附中校长的特级教师过传忠和今任上海宝山区文广影视局局长的王一川老师主播。每周两档，做了五年多。如今还有很多人提起来，说给他们很多得益，尤其是让孩子聆听，至今难忘。

这三本书在播出期间就由复旦大学出版社结集出版，且连着出了四五版。后来又被香港万里出版社相中，在香港台湾畅销。十多年过去了，回想当年的盛况，不禁感慨系之。如今的电视节目多为庸俗搞笑，甚至成了明星的私生活的展览，偶尔有一二具有文化含量的，能续播一两年的已属凤毛麟角，更别说能坚持五六百期了。现在，此套书由中华书局重新整理出版，也是希望能够给孩子的童年成长带去有益的启蒙。

《吟咏之美》《无字之诗》《说话之道》分别讲的是诗歌、绘画和书信，每一卷的编辑都有自己的个性特点。

《吟咏之美》精选了从先秦到清代末期的诗歌百余首，跨度有两三千年之大，编辑为"情感诗""山水诗""哲理诗""述怀诗""志向诗"五个部分。

之所以这样编排，是想请读者看看几千年之隔的古人对人生的感受，这些作品本身就是心灵的真实写照，人心大抵是不会变的，千年以前古人感动过的东西，今人照样会被感动。"今人不见古人月，今月曾经照古人。"古人今人的喜怒哀乐是相同的，今人古人的心是相通的。

这百余首诗，几乎都是很短的，朗朗上口，易背易记，无论孩子还是大人，细细品读这些诗，感受编者的解读，一定会有深刻的领悟，从而起到"陶冶性灵，变化气质"的作用！

《无字之诗》则是精选了从古代到近代的作品，按照从古到今的顺序编辑。读者从中可以看出中国绘画史的发展轨迹，对我们的祖先在形象艺术方面的追求，有一个鸟瞰式的了解，从而提高读者的理解欣赏能力。读懂绘画，欣赏绘画，对于一个热爱自然，热爱生活的人，是十分需要的。

《说话之道》分为十一篇，分别是"说服""拒绝""指示""劝勉""安慰""感谢""应酬""自荐""批评""自辩""述怀"。这是从写信的目的出发进行编辑的。给某人写信，总有一个目的，不同的目的、不同的对象、不同的关系、不同的场合，写信的口气用词乃至结构也大相径庭。作为一个文明古国，中国很重视人际交往，尤其是人际交往中的得体和礼仪。过去有"一言兴邦，一言亡国"的说法，可见人们对于人际交往的重视。我们在选编时尽可能把历史上人际关系最精彩的"对话"勾提出来，为了使本书更简洁，我们删掉了书信中的客套话，以及当时叙述情景、交代前因后果的文字，单独把书信中最核心的段落呈现在读者面前，以便读者用最短的时间得到最大的收获。所以正文都很短，有的甚至只有一二十个字，多的也不过几百字。为了了解写信人在写信时的背景，我们作了必要的介绍，还在引文后面撰写了"交际与做人"这个栏目。通过这个栏目，发表我们对这封书信以及写信人的或臧或否的意见。因为在我看来任何表达，不仅是技巧，更与表达者的人格气质分不开。至于我们的看法是否正确，那么读者自有评论。

这三本书虽说在十几年前畅销，但经过增删、修订、重新梳理、编排、美化，无论在内容还是形式上都有很大的提升。新版编排的特色，还有两点：一是诗歌、绘画在原版的基础上，重新整理了文字，将原来的对话体删减枝叶，改为单独的鉴赏。这样使得鉴赏的重点更为突出，结构也更紧凑了。二是重排并修订了原稿中的错误，使之更具可读性与收藏价值。

巧得很，在撰写这篇序言的时候，看到教育部关于要加重语文在中小学学科中的比重的报道，报道还说，在高考中还要加大语文的分值。本人理解，提高分值只是一个形式和表象，真正提高下一代的人文素养才是根本的宗旨。为此，我感到非常高兴。本人从教五十年，最近一年又做了一所民办实验学校的校长，去年暑假在规划初中四年的整本书阅读计划。加强人文教育，造就仁爱忠信、情趣高雅、充满诗情画意，说话得体，彬彬有礼而又具有独立精神的君子人格，从而提高我国国民素质，这是我几十年来一直在追求的教育理想。但愿这三本书的出版，能为推动中小学人文教育起一点微薄的作用。

2017 年 10 月

目　录

情 感 诗

山 水 诗

哲理诗

述 怀 诗

情感诗

故人具鸡黍，邀我至田家。
绿树村边合，青山郭外斜。

◆　感情与理智的冲突

将仲子

《诗经·郑风》

将仲子兮，无逾我里，无折我树杞。岂敢爱之，畏我父母。仲可怀也，父母之言，亦可畏也。

将仲子兮，无逾我墙，无折我树桑。岂敢爱之，畏我诸兄。仲可怀也，诸兄之言，亦可畏也。

将仲子兮，无逾我园，无折我树檀。岂敢爱之，畏人之多言。仲可怀也，人之多言，亦可畏也。

这首诗讲一个女子爱上一名青年，但又怕父母、兄弟的反对，怕邻居的闲话，不敢与之相见。可那个男子却很大胆，要翻过墙来同她幽会，于是女子就说了这段动人的话。

"将仲子"的"将"就是"请求"的意思；"仲"是老二，可能那个男子排行第二，用现代的话来说就是"请求你——小二哥"。"无逾我里，无折我树杞"，"逾"就是超过、越过、翻过的意思。"里"有点像现在的"里弄"，与第二节"无逾我墙"的"墙"，第三节"无逾我园"的"园"，意思相似。

不过圈子一点点缩小，先是超过里，接着翻过墙，最后进入园子。

把整首诗翻译一下：求求你，小二哥啊，不要越过我家里弄，不要折断我家的杞树。不是我小气啊，是怕我父母。二哥啊，我多么爱你，可父母的话我不能不有所顾忌。求求你，小二哥啊，不要越过我家的墙，不要折断我家的桑树。不是我小气啊，是怕我的兄长。二哥啊，我多么爱你，可兄长的话也是要听的。求求你，小二哥啊，不要越过我家的园子，不要折断我家的檀树。不是我吝啬啊，是怕众人多言。二哥啊，我多么爱你，可众人的话是那么可怕。

这样一翻译，再读回原诗，就显得有趣多了。当然这里面还反映出了人的自然欲望与社会理性之间的矛盾。人有两个属性：一个是自然属性，一个是社会属性。作为自然的人，也就是动物的人，有很多欲望，他希望随心所欲；但作为社会的人，他必须约束自己，要受理性制约，这里的"爱"就有了社会属性。女子虽然爱这个小伙子，却不敢让他来找自己，因为人言可畏。

"人言"就是社会理性的象征。人类的本能欲望、情绪、活动无不受到各种"人言"的制约。"人言"的力量是强大的、可怕的。人就是生活在"人言"的制约中，"不怕"也得"怕"。

《将仲子》所表现的正是这种人类内心世界情与理的冲突、灵与肉的交战。正是这种理性，使人由自然的人变成社会的人。也正是因为这种理性，人类常常陷入各种困扰和苦恼之中。

◆　**大胆热烈的爱情诗**

野有死麇

《诗经·召南》

野有死麇，白茅包之，有女怀春，吉士诱之。

林有朴樕，野有死鹿，白茅纯束，有女如玉。

舒而脱脱兮！无感我帨兮！无使尨也吠！

　　《野有死麇》是一首爱情诗，而且表达爱情相当大胆。它是《召南》里的一篇，召南地处南方的荒蛮之地，不像北方、中原地带受过教化的熏陶，自然比较大胆，表达爱情赤裸裸，不加掩饰。

　　"野有死麇，白茅包之，有女怀春，吉士诱之。"在野外打死了一只獐子，我剥下了獐子的皮，又割下了白茅草，把它包好，想送给那心上人。有位美丽的姑娘满怀春心，那男子再三再四向她献殷勤。"林有朴樕，野有死鹿，白茅纯束，有女如玉。"森林里灌木丛生，有一头皮毛漂亮的小鹿掉到了陷阱里，小伙子割下了白茅草，把它包上。这位姑娘真像美玉般温润动人。这两节写一个小伙子爱上了一位美丽的姑娘，用鹿皮作为礼物去引诱她。有一次，他们又相遇了，那个男子见四周无人，终于大胆地上前拉拉扯扯。

"舒而脱脱兮！无感我帨兮！无使尨也吠！"这几句是当时的方言。"舒"，慢慢地；"脱"是方言，也有缓慢之意；"感"通"撼"；"帨"（shuì）就是佩巾；"尨"（máng）是多毛而凶猛的狗。这是女孩子的话，说你不要那么性急，不要拉我的衣服，别惊动了狗。钱玄同曾把它译成苏州话："耐勿要过来，耐勿要拉我个衣裳，耐看惹得狗也叫哉。"

可以看到，这首诗不但使我们看到了两三千年前男女恋爱的方式和心理，而且还保留了当时的方言。这样一首小诗很值得社会学家、心理学家好好琢磨一阵，也值得语言学家研究一阵子。可见《诗经》是一个取之不尽的宝藏，不同的时代有不同的观察角度，我们从不同的角度来解读它，可以获得不同的收获。所以有人说《诗经》是一本活的档案，是最古老的文物库。

◆　热烈的誓言　奇特的想象

上邪

汉乐府

上邪！我欲与君相知，长命无绝衰。

山无陵，江水为竭，冬雷震震，夏雨雪，天地合，乃敢与君绝。

《上邪》是汉乐府中一首采自民间的情诗，这是一个女子向她的心上人表达爱情的誓言。男女相爱最深挚、最炽热的时刻，往往会互相海誓山盟，是很自然的。开头三句，主人公迫不及待地直抒胸臆：苍天啊，我愿意与你相爱，直到永远。"长命无绝衰"，就是永远不变，永相恋，爱情之花永不败。

开头讲"长命无绝衰"，可是结尾却说"乃敢与君绝"，就是说"才敢和你断绝"。这一首一尾，意思好像全然相反，一个"无绝"，一个"要绝"。但结尾的这个"要绝"，是有条件的。

第一、二个条件是"山无陵，江水为竭"——山也没有了，江水也干了。第三、四个条件是"冬雷震震，夏雨雪"——冬天打雷，夏天下雪。（"雨"作动词用，是"下"的意思。）季节混乱了，颠倒了。第五个条件，"天地合"——天地再度成了混沌一片。这五个条件，其实都是一般人难以想象的自然界的变异，是完全不可能的。

可这女子好像在层层递进地发挥想象力，一件比一件想得出奇，一件比一件不可思议，直到"天地合"，她的想象力似乎是漫无涯际地想到人类的生存环境都不存在了。而这恰恰是"乃敢与君绝"的条件。不可能出现的情况成了"与君绝"的条件，"与君绝"当然也就不可能了。

现在再看，这个"与君绝"与"无绝衰"不但不矛盾，而且更坚决、更强化了。如果没有这几个假设条件，整首诗就会显得平铺直叙，未免太平淡、太简单了，她的情感力度也要减弱许多。

这种方法在写文章时也可以借鉴。不直说，兜个圈子，设置一些条件，然后再把意思表达出来，会显得更生动、更鲜明、更有力度，这就叫欲擒故纵。

◆　一曲离别的交响乐

行行重行行

《古诗十九首》

行行重行行，与君生别离。

相去万余里，各在天一涯。

道路阻且长，会面安可知！

胡马依北风，越鸟巢南枝。

相去日已远，衣带日已缓。

浮云蔽白日，游子不顾返。

思君令人老，岁月忽已晚。

弃捐勿复道，努力加餐饭。

《古诗十九首》是东汉末年文人创作的抒情短诗，其主题多是表现游子思妇的离情别绪和下层知识分子的不得志，曲折地反映了当时动荡不安的社会生活。《行行重行行》就是其中的代表作。

这是一曲离别的交响乐，全诗共十六句，可以分成一个序曲四个乐章。

序曲忆别，第一乐章远别，第二乐章久别，第三乐章疑虑，第四乐章祝愿。序曲为开首两句"行行重行行，与君生别离"，是回想当年离别的情景：妻子送丈夫远游，送了一程又一程，难分难舍，仿佛这就是永别了。丈夫远去的身影永远铭记在妻子心中，不论时间多长，一想起来便历历在目。屈原《九歌》有"悲莫悲兮生别离"，表达的也是同一种情感。

"相去万余里，各在天一涯。道路阻且长，会面安可知！胡马依北风，越鸟巢南枝。"这是第一乐章——远别，写夫妻分别两地相距之遥。"万余里"并非实指，说出了一个"远"字。面对这"各在天一涯"的现实，主人公喊出了无可奈何的哀怨："道路阻且长，会面安可知！"路不仅远，而且中间有阻碍。一个"长"字，一个"阻"字，再次把主人公的哀怨之情倾吐了出来。

接下来，作者又写了"胡马""越鸟"，"胡马"是指北方的马，"越鸟"是指南方的鸟。这个比喻隐含着不忘本、不忘家乡之意。这就等于在说：动物尚有思念家乡的感情，人为什么还不知回归呢？至此可以揣摩一下女主人公的身份，她也许是一个有较高文化素养的妇女，丈夫为了求学求官而背井离乡，可是在动乱的年代，前途充满危机，主人公的思念也因此越来越深切。所以下面便奏出"相去日已远，衣带日已缓"这第二乐章——久别。

长期的思念使主人公一天一天消瘦了，可她仍是"衣带渐宽终不悔"，情愿"为伊消得人憔悴"。当然，在思念中，有时也难免产生种种疑虑、猜测。丈夫为什么久不归？是不是变了心，被"浮云"遮住了？这就是第三乐章——疑虑。

她到底是个善良、单纯、宽厚的妇女，总相信丈夫不会是"薄情郎"，他的久久不归一定是有原因的。所以，她想，即使自己被抛弃了，也祝愿丈夫能平平安安，努力加餐，盼望再有相见之日，这就是全曲的高潮——

祝愿。

不过，这最后一句，还有一种解释，是说主人公因被抛弃而茶饭不思，于是只好自我安慰，努力加餐。不管哪一种理解，都深深地反映出主人公内心的哀伤。"见瓶水之冰，而知天下之寒"，这首诗虽然只是写一个女子的哀怨，却折射出东汉末年社会动荡对人们感情的摧残，又真实地反映出人们的痛苦和追求，所以千百年来，引起了人们强烈的共鸣。

◆　**情怀激越　笔力雄劲**

从军行

〔唐〕杨炯

烽火照西京，心中自不平。

牙璋辞凤阙，铁骑绕龙城。

雪暗凋旗画，风多杂鼓声。

宁为百夫长，胜作一书生。

杨炯的《从军行》描写了一个读书士子从军边塞、参加战斗的全过程。"烽火"是古人报警用的烟火，头两句写了主人公听闻边疆警报，军情紧急，心中不能平静。他再也不能坐在这书房里了，立志要投笔从戎，保家卫国。

　　"牙璋辞凤阙，铁骑绕龙城"，这"牙璋"是皇帝调兵遣将用的符信，分凹凸两半，分别掌握在皇帝和将官手中。"凤阙"是雕着龙凤的门墙，这里代指皇宫。这句意思是说将士们奉命雄赳赳地整队出城。"龙城"是匈奴的名城，这里泛指敌人要塞。"铁骑绕龙城"就是说，我军冲上去一下子包围了敌人。刚出城就获得大胜，真是势如破竹。

　　"雪暗凋旗画，风多杂鼓声"，这两句写得有声有色。战场上下起了大雪，战旗在昏暗中，连颜色也分辨不清了，只听得呼呼的北风中夹着战鼓声，昏天黑地，短兵相接。

　　面对着这悲壮的场面，主人公没有丝毫畏缩，反而十分向往。最后两句写道："宁为百夫长，胜作一书生。"我宁可做一个率领一百人的小队长，也胜过现在关在书斋里，做一个没用的读书人。这就把他决心投笔从戎，驰骋沙场、浴血奋战的爱国之情充分地展示出来。

　　这首诗共八句，有六句是一一对仗，显得整齐雄壮，让人仿佛是在听激昂的军歌、战鼓，不能不为之震撼。就是在这雄壮的节奏中，形势的紧急、将士的风貌、主人公的激情，表现得淋漓尽致。

◆　平淡之中见深挚

过故人庄

〔唐〕孟浩然

故人具鸡黍，邀我至田家。

绿树村边合，青山郭外斜。

开轩面场圃，把酒话桑麻。

待到重阳日，还来就菊花。

　　我国古代有一批田园诗人，比如陶渊明、王维、孟浩然等都写过不少优美动人的田园诗。优秀的田园诗作品，不光展现了优美宁静的田园风光，更蕴含着淳朴自然的人际关系。孟浩然的五言律诗《过故人庄》就是这方面的杰作。

　　有很多五言律诗往往字斟句酌，紧凑严密，这首《过故人庄》却很自然平淡，写的是眼前景，用的是口头语，正体现了孟浩然诗歌平淡中见韵味，自然中含深挚的特殊风格和追求。要达到这样的风格和境界是很不容易的，它并非诗人不进行锤炼和推敲所得，而是锤炼和推敲得不露痕迹，臻于化境。用这样自然平淡的语言去表现田园风光和人际关系正好相得益彰，最恰当不过了。

先看前两句："故人具鸡黍，邀我至田家。"所谓"鸡黍"就是杀鸡做菜，煮黍为饭，这是田家待客的方式，没有什么排场和客套，所以诗人也就一"邀"即"至"，显得既亲切又舒畅。

诗人并没有写吃饭时的各种情形，因为诗人也好，邀请诗人的主人也好，主要的目的并不在于吃饭，而是为了叙旧聊天，重温友谊，所以主人准备的饭菜尽管说不上丰盛，但在这前后所展现的友谊和人情美，却要比最醇厚的美酒还要来得醉人。

诗的中间两联写得很有层次："绿树村边合，青山郭外斜。"先写诗人进村前后的所见所感：诗人信步走来，只见绿树环抱着整个村庄，显得别有天地，异常宁静；进到村里，向远处一瞥，却又看到青山在城外逶迤而过，增加了一抹动人的背景和色彩。总之，诗人所到的这个村庄坐落在田野间而又遥接青山，既宁静而又开阔，毫无孤僻逼仄的感觉。

前两句是写进村时的所见所感，后两句"开轩面场圃，把酒话桑麻"就是写诗人到了主人家里，登堂入室后的情景和气氛了。"开轩"就是打开窗户，这里自然是主人亲切地招待诗人坐在窗边，并把窗户打开，让诗人留意窗前的那片开阔的打谷场和碧绿的菜圃，处处显得生机盎然。

接着主人和诗人临窗喝酒，频频举杯，无拘无束地聊天，而聊天的中心则是"桑麻"之类的农事，仿佛主人有意要让诗人分享即将到来的丰收，这种场景多么温馨，彼此关系多么和谐！难怪诗人最后要主动向主人表示："待到重阳日，还来就菊花。"等到重阳佳节来临，我还要来欣赏菊花呢！

今天农村的环境虽然和唐代大不一样了，但是这首《过故人庄》所展示的那种亲切和谐、不讲究客套做作的人际关系却是值得继承和发扬的。

◆　情景交融话送别

送元二使安西

〔唐〕王维

渭城朝雨浥轻尘，客舍青青柳色新。

劝君更尽一杯酒，西出阳关无故人。

　　《送元二使安西》是王维的名诗，另外有一个题目叫《渭城曲》。这是作者在送朋友远行时写的。一二两句是写景，清晨时分，细密如丝的春雨洗去了路边的轻尘，浸润了掩映在客舍边的杨柳，在这新鲜而湿润的春天气息中，古都咸阳驿道边的客舍显得更清新可爱，连路上柔嫩的柳枝也显得更青翠。这两句不但交代了送别的时间——早晨，送别的地点——渭城客舍前，送别的时令特点——春雨，而且反映出诗人内心涌动的思绪和情怀，细雨绵绵，杨柳依依，突出了惜别之意。

　　在这样惜别的氛围中，自然引发出后两句著名的抒情句："劝君更尽一杯酒，西出阳关无故人。"请你再饮一杯酒吧，向西走出了阳关以后，在人烟稀少的途中，再也见不到亲朋好友了。此时此刻，思乡、怀旧、畏途、叹远，亲朋故友之恋，边塞寂寞之感，这一切的一切都一齐涌上离别人的心头。而这恰恰从送别人的口中吐出，这包含着诗人对友人的多少深情啊！

在唐代，虽说边塞动荡、交通艰难，只能凭双脚、马匹做交通工具，跋山涉水，羁旅茫茫，但毕竟不是生离死别，王维为什么要写得这么凄楚悲凉呢？同样写送别，高适的《别董大》就写得豪爽乐观："莫愁前路无知己，天下谁人不识君。"其实这与他们的经历和主观感受有关。

王维出身于仕宦家庭，诗、画、乐兼擅，才华非凡，出入于王公贵族门庭，又靠权贵引荐科举成名，可称少年得志，一帆风顺。所以他的感情特别脆弱，中年以后一旦遭到不幸、打击，就难以承受，即使在友人离别时，也会发出这样惆怅的哀怨叹息声。高适就不同，他幼年丧父，深知世路艰辛，靠自己努力，四十六岁方得科举成功，所以在遇到挫折时能顽强拼搏，自强不息，笑脸相迎，在离别时当然不会凄凄切切，相反发出了豪迈的"天下谁人不识君"的勉励之词。

◆　脱口而出　幽思深远

静夜思

〔唐〕李白

床前明月光，疑是地上霜。

举头望明月，低头思故乡。

很多人儿时读过的第一首古诗就是李白的《静夜思》。大家都觉得这是一首好诗，可是要说具体哪里好，又说不出来了。要想知道这首诗的精妙之处，我们可以先从题目看起。

"静夜"是万籁俱寂的深夜。设想一下，一个客居他乡的游子，白天为生活或别的原因在奔忙，没有闲暇想念家乡和亲人，到了晚上，一身的疲乏在客舍嘈杂声中随甜甜的小睡而消除了。夜深人静，忽然从梦中醒来。看着孤寂清冷的客房，望着异乡皎洁的明月，寂寞凄清，思乡之情不禁油然而生。第一句"床前明月光"，正是写作者在睡梦中醒来看到清朗月光洒落客房的情景。

第二句"疑是地上霜"，一个"疑"字用得特别准确，抓住了游子在静夜明月下的特殊感受，"疑"是一个错觉。造成这种错觉有两个条件：一是月色确实清白，对他的视觉刺激；一是寒气浸入，对他的感官刺激。这样一句话就把月色的清朗、游子的凄凉写了出来。游子定神之后，明白这原来不是霜，而是异乡的月光，孤寂凄凉的感觉更加重了，又怎会不怀念自己温馨的故乡呢？

到了此时，"举头望明月，低头思故乡"就顺理成章了。"思"是全诗的主题，是诗眼所在。他在思念家乡，思念亲人，也许在思念自己的童年时代，思念旧时的朋友、同学，也许还会思索今后的前程。还会思念年华易逝、人生易老，还会想到宇宙人生……这"低头思故乡"，不同的读者完全可以找到各自特定的思念对象。无论孩子、青年、老人，这"思"字说出了人们心里想说而没说出的话。

可见这首诗好就好在脱口而出，朴素自然，不工而自工。有人说这首诗没有说出的比说出的多得多，比刻意求工的诗写得更工，我是很赞同的。

◆ 一"惊"一"忆"见真情

喜见外弟又言别

〔唐〕李益

十年离乱后，长大一相逢。

问姓惊初见，称名忆旧容。

别来沧海事，语罢暮天钟。

明日巴陵道，秋山又几重？

　　我们读小说，常常为小说中逼真的细节描写所感动。抒情诗就不一定了，它重在抒情，不一定要有细节描写。但是，有时诗人们为了要把自己的爱憎喜怒表达出来，就难免要交代一下背景，捕捉一两个动人的细节。

　　李益的这首五言律诗就捕捉到了很感人的细节。开头两句先交代了这样两点：诗人和外弟（即表弟）分手之前都还是孩子，这次重逢是在经过十年的离乱之后。这里的"离乱"指的就是震动大唐帝国的"安史之乱"。在那场惊心动魄的战乱中，广大人民颠沛流离，音信阻隔，诗人和表弟一样吃尽了苦头，现在总算重逢在一起了。

　　表现重逢的场景时，作者写到"问姓惊初见，称名忆旧容"。这个"惊"

字用得颇有些戏剧性，说明当时诗人和他的表弟已不相识了。诗人的表弟此番是专程来访，当然有思想准备，而诗人因为事先不知道表弟来访，看到一个陌生的客人，对客人所表现出来的那种热情劲儿大约还会感到奇怪呢，这大约就是诗中"惊"字的由来吧。

"忆"字也用得很好，诗人和表弟分别已久，印象本已模糊，如今一旦知道来访者是表弟之后，就一边称呼表弟的名字，细细端详表弟的容貌，一边努力在脑海中搜索往日对表弟的印象，如此越回忆越感到温暖和亲切。

遗憾的是这次重逢时间不长，明日表弟就要向着巴陵郡（今湖南岳阳）一带出发，彼此之间又会隔着几重秋山几道秋水了。这真是一次极难得的重逢又极匆忙的分手。在以人生离合聚散为题材的诗歌中，李益此诗是相当出色的一首。看来这是和诗人善于交代背景、捕捉细节分不开的，这一"惊"一"忆"多么生动传神！

◆ 不可复得的美好事物

题都城南庄

〔唐〕崔护

去年今日此门中，人面桃花相映红。

人面不知何处去，桃花依旧笑春风。

这首诗有一段颇具传奇色彩的故事。清明节这一天，崔护因落了榜，一个人到郊外游玩散心。来到一个小村庄，静悄悄的，不见一个人，门敲了好久，才有一个少女开了一点门缝，问："是谁啊？"崔护说："我是来游春踏青的，口渴了讨点水喝。"那女子就开了门，招待他。作者见她在桃花丛中妩媚多姿的形象，留下了深刻的印象。到了第二年清明节，他又特地到了这郊外人家，门却紧闭着，再没见到那个女子，他十分惆怅，就在墙上题了这首诗。

"去年今日此门中，人面桃花相映红。"少女美丽的脸庞和盛开的桃花交相辉映，把春天写活了。"人面不知何处去，桃花依旧笑春风。"现在这美丽善良的少女不知哪里去了，桃花却依旧在春风中飘荡。这个"笑"字写得很传神，把桃花在春风中可爱的形象呈现在读者眼前。

这首诗有两个场景：第一个场景是"踏青遇美"，第二个是"重寻不遇"。短短的四句诗，叙述了一个生动的故事，还表达了诗人对美好事物、美好感情的向往，同时也写出了他失落的情绪。去年今日伫立在桃树下的少女，想必是凝睇微笑，脉脉含情，而今，人面杳然，桃花依旧，怎不令人伤感！

这里面不仅包含着一种好景不长的人生哲理，还有一种人生体验：在偶然不经意的情况下遇到某种美好的事物，当你刻意去追求时，却再也不可得了。

◆ 真挚的友谊　凄凉的景色

闻乐天授江州司马

〔唐〕元稹

残灯无焰影幢幢，此夕闻君谪九江。

垂死病中惊坐起，暗风吹雨入寒窗。

中国人十分重视友谊，自古以来流传着不少关于友谊的故事和佳话。锺子期与俞伯牙的故事几乎家喻户晓。就拿唐代诗人来说，杜甫和李白，白居易和元稹，柳宗元和刘禹锡，都有怀念对方的动人诗篇。元稹的这首绝句就是其中一首。

诗题中交代了作者怀念友人的原因。"闻"是听说；"乐天"就是元稹的好朋友白乐天——白居易；"授江州司马"就是到江州担任司马。白居易有首著名诗篇《琵琶行》，最后一句"江州司马青衫湿"，就提到了自己的官职。"江州"就是今天的九江市，"司马"的官职不大，在地方上不负主要责任。白居易在 815 年因为得罪了当朝权贵，被迫离开京都长安，被贬到又潮湿又遥远的江州当司马。

在几个月以前，元稹也因为得罪了权贵和宦官，被贬到通州当司马，通州即今天四川省达县，在当时也是一个很偏僻的地方，而且元稹在通州还染上了疟疾，病了很久，《闻乐天授江州司马》就是他在生病期间写的。

　　白居易和元稹都关心人民疾苦，他们有着共同的政治立场和态度，有着共同的遭遇和命运，由此而结成的友谊自然格外深厚。这首诗的前两句写景，第一句"残灯无焰影幢幢"，说明已是深夜了，灯火将灭，风摇烛光，影影幢幢，一派凄凉的景象。第二句"此夕闻君谪九江"起了交代背景的作用，意思是今天晚上我听到你被贬到九江的不幸消息。第三句"垂死病中惊坐起"叙述了一个强烈的反应：自己病得要死，忽然听到友人的不幸消息，大吃一惊，赶快挣扎着坐起来。

　　一首好诗不能平铺直叙，一览无余。从表面上看，此诗第二句只是平实的交代，似乎没有什么了不起，但如果没有这个交代，读者就不懂得发生了什么事，何况紧接着第三句既有"受惊"的表情，又有"坐起"的动作，两者合在一起，语气由平实到突兀，就容易激发读者的共鸣了。

　　开头"残灯无焰影幢幢"是"以景起情"，结尾"暗风吹雨入寒窗"可说是"以景结情"。此诗第三句写作者忽然挣扎着坐了起来，按理说，接着应该写诗人担心受惊的具体内容，但这又如何用三言两语写得清呢？所以诗人刻画了一个"风雨入窗"的画面，和诗人动荡的内心互为表里。"风"无所谓明暗，诗人却说"暗风"；"窗"无所谓冷暖，诗人却说"寒窗"。这显然是诗人倾注了感情的结果，也是和当夜残灯黑影、凄风苦雨的特定场景相吻合的，从中也可以看出两位诗人的感情之深了。

◆　无声的特写　有声的画面

邯郸冬至夜思家

〔唐〕白居易

　　邯郸驿里逢冬至，抱膝灯前影伴身。

　　想得家中夜深坐，还应说着远行人。

　　古代诗人在怀念亲友时常常采取一种"从对方写起"的表现手法，明明是自己在怀念远方的亲人和朋友，却故意少写或不写自己这方，偏偏从对方写起，说亲人和朋友在想念自己。这首诗就用了这种表现手法。

　　诗的题目交代了地点邯郸，时间是冬至的晚上，还交代了诗人在怀念家中的亲人。这里所交代的地点和时间有着特殊的意义。邯郸即现在河北省邯郸市，在唐代是一个非常繁华的城市，而冬至在唐代又是一个很重要的节日，不像现在这样不大为人们所重视。当时到了冬至这一天，朝廷里要放假，老百姓要穿上新衣服，互相赠送饮食，以表示祝贺。按照这个习俗，诗人应该出去串门访友，好好热闹一番才对。可他却独自一人住在外地，远离家乡和亲人，所以外面越是热闹欢乐，自己就越是感到孤单寂寞，特别是到了晚上，那就更不好受了。

　　诗人对着室内的一盏孤灯，感到又寒冷又寂寞，只好用双手抱着自己的膝盖，久久地枯坐。室内没有其他人，只有墙上映照出诗人的影子和诗人默默相对，这种气氛真是凄凉极了。

问题是接下来该怎样写呢？倘若照直写凄凉、难受，就难免一般化、概念化了。这首诗好就好在诗人忽然宕开一笔，写下了这么两句："想得家中夜深坐，还应说着远行人。"诗人想到家里的亲人此时正坐在一起，互相谈论着远行到外地的自己。这种写法就是开头所说的"从对方写起"了。

如果说此诗前两句刻画了一个无声的特写，那么后面两句就展示了一个有声的画面，这两者合在一起，显示了一种明显的反差。家里的亲人团聚在一起，而诗人却没有可以倾诉感情的对象和地方，只能看着墙壁上的影子发愁。这么一对照，思家的感情就格外强烈了。当然，它们也有相通的地方，那就是家中的亲人也好，在外地的自己也好，都在深切地怀念着对方，所以说这首诗先写自己，再写对方的写法，取得了有同有异、同中见异的艺术效果。

◆　在比较中展现感情的变化

旅次朔方

〔唐〕刘皂

客舍并州已十霜，归心日夜忆咸阳。

无端更渡桑干水，却望并州是故乡。

人是在特定的空间和时间中生活的，人的感情的变化也离不开地域的变迁，要读懂刘皂的这首诗，就得先弄清楚诗中的地名。先看第一句"客舍并州已十霜"，"并州"是今天山西省太原市。诗人说他离开家乡，寄居在并州已经有十年了。第二句"归心日夜忆咸阳"，"咸阳"就是今天陕西省咸阳市，在西安市附近。诗人在说这十年间他日日夜夜都想回到家乡咸阳去。诗人离开家乡已有十年之久，更何况在并州只不过是一个客居的游子，在事业上并没有多大的进展，从这两句诗中可以看出诗人并不留恋并州。

可是没有想到诗人的生活又发生了一个新的转折——"无端更渡桑干水"。陕西咸阳在山西太原的西南，而桑干河则在太原的东北方，古时属于"塞上"。诗人要回故乡，理应从太原往西南方向去才对，结果诗人却是被命运所捉弄，渡过北边的桑干河，迁徙到更远的地方去。

此时诗人对并州的感情就发生了巨大的变化——"却望并州是故乡"。竟然强烈地怀念起并州来，觉得那里的一草一木，对于自己来说是那样的熟悉亲切，把并州当作自己的故乡了。诵读整首诗，读者仿佛跟着诗人经历了几个来回，先从咸阳到太原，又从太原到桑干河，再从桑干河频频回首向太原遥望……

诗人在结尾处只提了并州，而真正的家乡咸阳却未再说到。可见诗人对于返回家乡已经不抱幻想，完全绝望了。正是在绝望的前提下，他把太原和桑干河这两个地方放在自己感情的天平上进行比较，越比较越觉得并州亲切可爱。

人的感情是复杂的，平时我们对某些东西的喜欢或者不喜欢，往往也是在比较中产生的。譬如说，人们喜欢甲，不喜欢乙，但相对于丙来说，却又觉得乙要好多了。此诗正是将这种比较手法运用得恰到好处，生动细腻地展现了这种心理变化。

◆　一首表现人们普遍心态的好诗

秋思

〔唐〕张籍

洛阳城里见秋风，欲作家书意万重。

复恐匆匆说不尽，行人临发又开封。

秋风扬起，百花凋零，树叶黄落，眼看一年很快就要过去，这时候最容易激发起人对家乡的怀念，对远方亲人的思念。诗题《秋思》点明了诗作的时间与主题，诗作的情感就顺理成章地表现出来了。

"洛阳城里见秋风"，按理说，秋风是只能直接听到，不能直接看到的，但是秋风过后，那满地的落叶，光秃秃的树干，冷清清的山水，无时无刻不呈现于诗人的眼前，进而震撼着诗人的心灵，这一个"见"字，就把诗人感情的分量显示出来了。

"欲作家书意万重"，要说的话很多，可一旦拿起笔来，却又千头万绪涌上心中，不知从何处下笔了。这里一个"欲"字，富于动态，很传神地表达了作者不知从何处着笔而踌躇的心情。

更为细腻微妙的是下面两句："复恐匆匆说不尽，行人临发又开封。"诗人知道这次托人带信的机会是很难得的，所以不管怎么写，总觉得有点不放心，唯恐漏掉点什么，即使到了送信人快要动身的时刻，还是忍不住把信封拆开来再看一遍。倒也不一定是诗人真的漏掉了什么，而是突出了诗人对家乡和亲人的怀念之深，唯恐信中有所遗漏。

其实这种心态是古今相通的，虽然现在人们通信的手段更丰富也更快捷了，但是对长久不曾联系的家人或者朋友，因为心里重视而经常不知从何说起。这首诗作于一千多年前的唐代，为什么直到今天还有它的知音，就因为它用朴实真切的语言表达了人们的普遍心态。

◆　羁旅之人　先闻秋声

秋风引

〔唐〕刘禹锡

何处秋风至？萧萧送雁群。

朝来入庭树，孤客最先闻。

中国古代知识分子经常在道路上奔波，形成古代交通史上的一大景观。知识分子是读书人，所谓"学而优则仕"，读书当然想要做官。没做官的，为了功名，要去县城、省城、京城赶考；做了官的，又要去赴任，或者被贬。所以在通衢大道上，常常有他们的身影，这就是所谓的游子。既然是游子，就会有羁旅之思、游子之情。所以古人写思念家乡、抒发羁旅之苦的诗特别多。

那时交通不发达，路上一走就要几个月，甚至几年，思乡的念头自然特别强烈了，不过一般都是直接写思乡之情的。刘禹锡的这首《秋风引》，从字面上看一点都没有写思乡，却把思乡之情写得十分强烈，入木三分。

"何处秋风至"，突如其来地发问：秋风从哪里来的，又到哪里去？秋风来到你身边，你却不知它在哪里。下面一句就自己作了回答："萧萧送雁群。"秋风来的时候，发出萧萧之声，它是随那南归的雁群来到的。紧接着，作者写道："朝来入庭树。"一大清早秋风就吹到了庭院里，在庭院间徘徊，秋风一来，黄叶飘落，一年又要过去了。第二、三句，从天上写到地面，使读者渐渐地感到秋风来到了。

然而，首先感到萧瑟秋风的，是诗人，是天涯游子。所以作者最后一句写道："孤客最先闻。"为什么孤客最先听到秋风的消息呢？因为他们对秋的到来特别敏感。他们时时在思念家乡，思念亲人，时时在计算着日子，想早日回家，所以秋风一起，就首先感觉到了。

可见此诗表面上写秋风，骨子里却是每一句都在曲折地写思乡之情。

◆　来回反复　情深意切

夜雨寄北

〔唐〕李商隐

君问归期未有期，巴山夜雨涨秋池。

何当共剪西窗烛，却话巴山夜雨时。

　　写这首诗时，李商隐客居在四川的巴山之畔，他的友人留在京都长安，长安在四川之北，标题就用"北"字代替友人。友人问诗人何时回去，诗人回道"君问归期未有期"。绝句字数很少，一般来说应避免字面重复，这里却连用了两个"期"。朋友来信当然说了很多，但最重要的是询问"归期"，诗人回信也会说上很多，不过最要紧的仍是"归期"。这个"期"字的重复出现，正好说明"归期"对于友人和诗人来说，都是很重要的。

　　第二句却又荡开一笔，写到了巴山一带秋雨绵绵，池塘涨水。实际上，它表面上是写景，其实仍是抒情，夜深人静的巴山之畔，那连绵不断的秋雨不正像诗人对友人绵绵不断的思念？池水在涨，诗人怀念朋友的心潮不也在涨？

　　更妙的是这幅"巴山夜雨图"并没有一晃而过，它在诗的后半部分又出现了。"何当共剪西窗烛，却话巴山夜雨时。"什么时候能够回去，和你同坐在西窗之下，剪烛夜谈，把现在的巴山夜雨当作话题，那才有意思呢！从现在预想将来，又站在将来的角度回想现在。在空间上也经过了从巴山到长安，再从长安到巴山这么一个来回。所以说这首诗的主要特色就是通过时间和空间的来回反复，表达真挚的怀念之情。

最后要补充一点，也有人考证这首诗的题目是《夜雨寄内》。"内"就是内人，即妻子。是诗人为想念留在家中的妻子而作的，倘是这样，这就是一首表现夫妻之情的动人诗篇了。

◆ 深宫女子的怨情和渴望

题红叶

〔唐〕韩氏

流水何太急，深宫尽日闲。

殷勤谢红叶，好去到人间。

这首诗相传为唐宣宗时的宫女韩氏所作。关于此诗有一个十分动人的故事。据说在唐宣宗时，宫女韩氏在红叶上题了首诗，红叶被从宫中与外界相通的流水带到了宫外。有个叫卢渥的应考举子正好路过，捡起了这片题诗的红叶珍藏了起来。若干年后，韩氏有幸被遣出宫外，嫁给了一名士子。新婚的时候，她在夫君的巾箱中发现了那片题了诗的红叶，原来当年捡到红叶的应考举子卢渥，就是她日后的夫君。本来只是排遣寂寞而题诗的红叶，却成全了这段美妙的姻缘。

从诗的内容上看，这是一首"宫怨诗"。唐代出现了大量的宫怨诗，但几乎都是宫外之人所作，虽然也能代抒怨情，但终究不如这首诗能让读者直接体会到当事人的想法。"流水何太急，深宫尽日闲。"深宫里的人终日闲闷无聊，使她们感到"御沟"里的水却是流得过于快了。一个少女，长年被幽禁在宫中，难免会有深宫无事、岁月难遣、度日如年之苦。一动一静，互为映衬，怨恨包含其中。

"殷勤谢红叶，好去到人间。"情真意切地感谢红叶，希望它能带着作者的题句回到人间。言下之意，宫里不是人间，外界被隔绝。"殷勤"，道出了诗人急切的心情。这两句表达了作者对身受幽禁的愤懑、对自由生活的憧憬和她渴望冲破樊笼的强烈愿望。虽然题诗的宫女成就了美妙的姻缘，可是，在当时千万个宫女中，又有几个会有她的幸运呢？

◆　芳草含情　白云有意

绵谷回寄蔡氏昆仲

〔唐〕罗隐

一年两度锦江游，前值东风后值秋。

芳草有情皆碍马，好云无处不遮楼。

山牵别恨和肠断，水带离声入梦流。

今日因君试回首，澹烟乔木隔绵州。

　　诗人都具有丰富的感情和想象力。如果缺乏感情，对任何事情都很冷漠，又缺乏想象力，对任何客观对象只能就事论事，不能生发开去，这样的人是很难成为诗人的。诗人就不同了，他们情之所至，放眼望去，连花草鸟兽也会带上自己的感情色彩。这也是诗歌创作中的"拟人"手法。

　　拟人就是将物比作人，这里所说的"物"，既包括动物、植物，也包括没有生命的山川河流等。罗隐的这首《绵谷回寄蔡氏昆仲》，就运用了诗歌的拟人手法。诗人曾经和蔡氏两兄弟两次游览锦江，一次在东风拂面的春天，一次在天高气爽的秋季，都是适合游览的季节，所以诗的开头说："一年两度锦江游，前值东风后值秋。"

　　"锦江"在四川成都市南面；"绵州"即今天四川绵阳市，约在成都东北二百里；"绵谷"在绵阳东北约三百里，即今广元市，离成都就更远了。诗人在成都锦江和蔡家两兄弟共同游览，度过了一段美好的时光，如今离开成都向东北走去，越走越远。此诗就是诗人到达绵谷后回忆往事，回寄给成都蔡氏兄弟的抒情佳作。

　　诗的中间两联是诗人回忆同蔡氏兄弟从游览到分手的情景。"芳草有情皆碍马，好云无处不遮楼"，诗人妙在不说自己和友人一起骑马缓行，流连忘返，而偏说"芳草有情"，似乎芳草有意绊着诗人和蔡家兄弟的马蹄，好让他们多留一会儿。诗中也不说远处楼台耸立，赢得游人驻足观望，而偏说白云舒卷，似乎白云理解诗人们的心情，特意在那里美化楼台，使得楼台看上去格外掩映多姿。将物比作人，正是运用了拟人的手法，让人觉得芳草、白云特别可爱，和人们特别亲近。

同是运用拟人手法，其中也有高下之分。倘若作者水平不高，想象力不够丰富，就不会让芳草去绊住马蹄，让白云去遮掩楼台，而写上"芳草含情""白云有意"之类的话就完了。虽然这也是运用拟人手法，但由于缺乏鲜明的动态的表现，效果就一般了。

"山牵别恨和肠断，水带离声入梦流。"诗人要和蔡家兄弟分手了，在他眼里锦江的山峰好像因此而牵绕着别恨，锦江的水也似乎带着离情，一直流到自己梦中。明明是诗人和蔡氏兄弟充满了感情，到了难舍难分的程度，却不直接道出，而把这份感情让给了锦江山水，这样拟人手法的运用可以说是很巧妙的。

读完全诗，只觉得绿的芳草、白的云朵、高耸的山脉、弯曲的河流一起迎面扑来，它们有声有色，形神兼备，正在散发着无限的情意。

◆　小松自有凌云志

小松

〔唐〕杜荀鹤

自小刺头深草里，而今渐觉出蓬蒿。

时人不识凌云志，直待凌云始道高。

这是一首借物喻人诗，作者在借松树而写人，托物讽喻，寓情于物。第一句"自小刺头深草里"，"刺头"是指长满小松树的松针，又直又硬，一个劲地向上面冲刺。这句话的意思是：小松树刚破土而出，非常弱小，路边的野草都比它高。这个"刺"字真是一字千钧，不但准确地勾勒出小松树的外形特点，而且还刻画出了它坚强不屈的性格，显示了小松树强大的生命力，它的小是暂时的，总有一天要长大长高，脱颖而出。

"而今渐觉出蓬蒿"，"出"就是超出，这个"出"字不但和前面的"刺"字前后呼应，而且是后面"凌云"的前奏。"渐觉"是渐渐觉得它长高了，长高的过程是看不出的，可是有人"渐觉"了。只有关心小松、爱护小松的人，才能"渐觉"，至于那些对小松漠不关心的人，是谈不上"渐觉"的。所以作者接着就发出深深感叹："时人不识凌云志，直待凌云始道高。"一般的人没有看到这是一株将要凌云的小松树，只是等到它高耸入云时，才称赞这松树的高大。

作者通过对松树在幼小时不为人识的感叹，揭示了一个生活中常见的现象。有才华、有个性的人，当他幼小时常不被一般人所看重，甚至还不如路边的野草，遭到摧残、砍伐，因此有多少栋梁之材，有多少"千里马"，遭到怀才不遇的悲惨命运。作者杜荀鹤年轻时就才华横溢，却无人提拔，屡试不中，报国无门，一生潦倒，成了埋没在深草里的"小松"，这也是作者的自我写照。作者正是通过这首诗告诉人们，识见是何等重要，埋没人才是多大的损失。

◆　一曲亡国君主的哀歌

相见欢

〔五代〕李煜

无言独上西楼，月如钩。

寂寞梧桐深院锁清秋。

剪不断，理还乱，是离愁。

别是一般滋味在心头。

李煜是南唐的最后一个皇帝，宋太祖开宝八年（975年），金陵城被宋兵攻陷，李煜请罪而降，被封为"违命侯"，从此幽居在汴京的一座深院小楼里，过起了亡国之君的生活。

幽禁他的庭院幽深，月牙儿照着院内的小楼和梧桐。但在一个失去了自由，整日屈辱地生活着的亡国之君看来，这景色不仅不美，而且有点可怕。这里的一景一物，他的一举一动，都染上了他浓重的感情色彩——亡国之愁。

"无言独上西楼"，独自一人默默无语地上了西楼。他是囚徒，独自幽禁在这里，亡国之痛能向谁诉说？自然是"无言"了。"无言"与"独上"

勾勒出他形单影只的身影。"月如钩"，那是有月光的晚上，他睡不着，怀着满腹的愁绪登上了西楼。月牙是"缺"的月，正象征了诗人满心的缺憾，正适合表露他的亡国之情。

"寂寞梧桐深院锁清秋"，他站在小楼上，向深院望去，只见重门深锁，梧桐树影斑驳，院里一片清冷死寂。"锁"字用得极好，字面上看，是说深院内锁住的是清冷的秋景，实则锁住的是他这个亡国之君。作者"无言""独上"是寂寞，"梧桐深院"是寂寞，"锁清秋"更是寂寞。上段所写都是亡国之君眼中之景，这景冷落凄清而寂寥，正是他亡国心境的写照。

李煜自从做了亡国奴之后，常靠追忆往事打发时日，真是越想越痛，越想越愁。过去的欢乐已一去不返，他不想再回首了，想一刀斩断愁丝，但愁是千丝万缕，哪里剪得断？那么索性想个透，把它理出个头绪来，但离愁别恨像一团乱麻，岂有头绪可理，真是"理还乱"。"离愁"跟所有的情感一样，是一种极其抽象的东西，然而在下段里被他写活了，写得可以想象，可以捉摸了。

那夜的李煜最感悲苦不过了，他的亡国之悲苦在这特定的月夜、特定的环境里表现得尤为突出，但这是一般人难以体会到的。这种涌上心头的滋味就连他自己都是可意会而难以言说的。

◆　酒入愁肠　化作相思泪

苏幕遮

〔宋〕范仲淹

碧云天，黄叶地，秋色连波，波上寒烟翠。

山映斜阳天接水，芳草无情，更在斜阳外。

黯乡魂，追旅思，夜夜除非，好梦留人睡。

明月楼高休独倚，酒入愁肠，化作相思泪。

　　范仲淹是北宋著名的政治家、思想家、军事家、文学家，世称"范文正公"。他的文学素养很高，写有著名的《岳阳楼记》。西夏人称他"胸中自有数万甲兵"，他的词却写得如此缠绵悱恻，情真意切。

　　这篇词由着力描绘秋景展开。"碧云天，黄叶地"，秋高气爽，落叶纷纷盖住了大地。"秋色连波，波上寒烟翠"，碧色的天空、金黄的大地一直向远方伸展，连接着秋江，江波上笼罩着一层翠色的寒烟。"寒烟"指深秋时江上弥漫的烟霭，本来它是白色的，因上接碧天下接绿水，所以成为翠色的。

　　作为铺垫，作者继续写道："山映斜阳天接水，芳草无情，更在斜阳外。"夕阳照远山，水天相接，萋萋芳草一直向远处延伸，隐没在斜阳照不到的天边。而从"芳草无情"开始，则是进入主题了。古人往往以芳草萋萋来写离情别绪，例如王维有诗云："又送王孙去，萋萋满别情。"范仲淹当时镇守在陕西一带，属宋代的西北边境，为防止西夏入侵，所以离家多年。深秋时看到芳草碧连天，自然禁不住思念家乡了。

"黯乡魂，追旅思，夜夜除非，好梦留人睡。"承着"芳草"，开始展开抒情。自己思乡的情怀黯然凄怆，羁旅他乡的愁思重重叠叠缠绕心头。夜里除非有偶然的好梦使我得到点安慰，否则长夜难眠。

"明月楼高休独倚，酒入愁肠，化作相思泪。"夕阳西下，明月高挂，本来正可以倚楼远眺，但在明月下独倚高楼，会更加愁绪万种，所以不要"独倚"。夜不能寐，只好借酒消愁，但酒一入愁肠都化作了相思之泪。写到这里，郁积的乡思旅愁在外物的触发下更加浓厚，词也在这种难以为怀的情绪中结束了。

◆　残花中酒　隔墙送影

青门引

〔宋〕张先

乍暖还轻冷，风雨晚来初定。

庭轩寂寞近清明，残花中酒，又是去年病。

楼头画角风吹醒，入夜重门静。

那堪更被明月，隔墙送过秋千影。

与范仲淹带有悲凉慷慨之气的词相比，宋代还有另一类风格的词，就是婉约词，比如张先的这首《青门引》。"乍暖还轻冷，风雨晚来初定"，"乍暖"，天气忽然回暖；"轻冷"，微微感到有凉意。天刚暖又冷下来了，因为有风雨忽然袭来，到了晚上才停下来，这是春季。李清照《声声慢》词里有一句"乍暖还寒时候，最难将息"，写的就是春天，大概是受了张先的影响。

"庭轩寂寞近清明，残花中酒，又是去年病。""庭轩"，庭院、走廊；"中酒"的"中"（zhòng），是指喝酒太多而身体不适。这三句是说：时近清明，庭院里寂寞，词人悼惜花残春暮，喝酒过量，又犯去年之病。这病是心头之病，是对美好事物无情逝去的落寞之情酿成的感情之病，甚至是相思之病，因此无法医治。词人眼见"无可奈何花落去"，他"举杯消愁愁更愁"，所以会"中酒"。

再看下阕，"楼头画角风吹醒，入夜重门静"。"楼头"，城门上登高望远的戍楼，古代用以观察军情；"画角"，军中的号角，涂了色彩所以称"画角"；"重门"，一重重深闭的院门。这两句写那动人心魄的号角声、微微带有寒意的晚风，使酒醉之人醒了过来。然而，他孤独徘徊在院落中，夜幕降临了，重重深闭的院门更增添了幽静的感觉。正在百般愁绪无法排遣时，"那堪更被明月，隔墙送过秋千影"，溶溶月光把隔墙那秋千的影子送了过来，更令他心中一片惘然。后人称这最后一句为"神来之笔"。

作者没有说破这荡秋千的到底是谁，让人产生了朦胧美妙的联想。词中描写的主人公可以认为是一名男子，而荡秋千是当时贵族少女们的活动。

可见荡秋千的可能是某个宅院里的贵族少女，给诗带去了另外一层意境。

　　当时有人称张先为"张三中"，因为他善于写年轻人的"心中事、眼中泪、意中人"。张先却回答说为何不称我为"张三影"？这主要是因为他的作品中有几句名句都带有"影"字："云破月来花弄影"（《天仙子》）、"娇柔懒起，帘押残花影"（《归朝欢》）、"柔柳摇摇，坠轻絮无影"（《剪牡丹》）。如果加上"隔墙送过秋千影"，可以算是"张四影"了。

◆　借水言情　深婉含蓄

卜算子

〔宋〕李之仪

我住长江头，君住长江尾。

日日思君不见君，共饮长江水。

此水几时休？此恨何时已？

只愿君心似我心，定不负相思意。

　　这是一首歌咏爱情的词，明白如话。如果各自孤立起来看，每一句都不出色，但此词倘若仅"明白"得"如话"，而无深婉含蓄的另一面，也不会成为千古绝唱了。只有将每一句都联系起来吟咏，透过平实的字面，才能发觉笔墨之外别具一段深情妙意。

"我住长江头，君住长江尾"，写出了有情双方的空间距离——隔了千山万水，这就含蓄地写出了相思之情的悠长。那个多情的女子说，我每天思念着你，却又见不到你。紧接着"共饮长江水"的含意更深更妙。它有两种解释。一种是，日日思君而不得见，我们却共饮着一江之水。每天共饮着一江之水的人却不得相见，这已不只称之为憾事，简直是一桩无情的恨事，道出了离隔之恨、相思之苦。也可以理解为尽管我不能见着你，好在我还能与你共饮长江水，这给了我少许慰藉。总之，上阕中词人道出了"不见"与"共饮"的事实，到底作哪一种讲，由读者去想象，去选择。

整首词借水言情，下阕就更显现了这一点。"此水几时休？此恨何时已"，悠悠东去的长江水不知什么时候才能停息，我的相思离别之恨也不知什么时候才能完。作者以上句喻下句，希望长江水停息是为了言明心中的离恨赶快停止。滚滚滔滔的长江，它会有停息之日吗？当然，她的思恋、她的离恨也无终结的一天了。这是用客观上不可能发生的事来强化主观上不可抑止的情感，词的深婉含蓄可见一斑。

"只愿君心似我心，定不负相思意"，我对你的思恋已似长江水一般不可停息，那么我渴望你能像我一样，一定不要辜负了我们的相思情。江头江尾的自然阻隔纵使不能逾越，但"共饮长江水"的一脉之情应永远相通。整首词到此形成高潮，情感得到升华，给人以江水长流情长在的感受。

整首词以水为线索，水，成了多情女子遥寄情思的天然载体。词既写了悠悠长江水，又写了悠悠相思情，不失为一篇咏物言情的上乘之作。

◆ 化凡为奇　以故见新

寄黄几复

〔宋〕黄庭坚

我居北海君南海，鸿雁传书谢不能。

桃李春风一杯酒，江湖夜雨十年灯。

持家但有四立壁，治病不蕲三折肱。

想得读书头已白，隔溪猿哭瘴溪藤。

　　开头两句是写诗人与朋友相隔之远、相思之深。《左传·僖公四年》有这样两句："君处北海，寡人处南海，是风马牛不相及也。"黄几复是黄庭坚的同乡好友，在广州四会做县令，黄庭坚在山东，都在沿海地区。这"我居北海君南海"就是从这里借用的。后一句也是活用，是说连鸿雁传书都不可能。"谢"就是谢绝、拒绝，这是用拟人的手法，请鸿雁传书，鸿雁却谢绝说："不行，不行，太远了。"这些都是化用古人词语而翻出新意的。

　　第二联"桃李春风一杯酒，江湖夜雨十年灯"，当年是春风吹拂下，面对盛开的桃李，与朋友在一起一杯又一杯地畅饮，而今却浪迹江湖，在凄风苦雨中，一灯如豆，孤零零地度过了十年的凄凉岁月。往日的暂聚、友情、欢快，与当前的久别、思念、惆怅进行对比，创设出清新深远的意境，激发读者丰富的想象，确实是隽永而有深味的。

"持家但有四立壁"又是化用了"家徒四壁立"的典故，这是《史记·司马相如列传》中，形容司马相如不得志时的情景，说他家境清贫，除了四面的墙壁，什么也没有。下一句"治病不蕲三折肱"，说黄几复不但家贫，而且久病。这里又有一个典故，《左传·定公三十年》中一个叫齐立疆的说："三折肱，知为良医。"意思是说经过多次骨折，病人也可以成为一个好医生。

"想得读书头已白，隔溪猿哭瘴溪藤"，这两句说黄几复好读书，有满腹才华，却未被重用，作者在哭他，也在哭自己。黄几复有治国救民的才干，好学不倦，为官清正廉洁，却怀才不遇，处境凄凉。这两句既衬托了黄几复的遭遇，也蕴含了诗人与之同病相怜的不平。

这首诗用了很多典故。用典是以黄庭坚为首的江西诗派的一个特点。他们主张"无一字无来历"，提倡"点铁成金"，"夺胎换骨"。典用得好，可以化凡为奇，以故见新；用得不妥或者过多，就有点"掉书袋"了。

◆　以花拟人　以人比花

减字木兰花

〔宋〕李清照

卖花担上，买得一枝春欲放。

　　泪染轻匀，犹带彤霞晓露痕。

　　怕郎猜道，奴面不如花面好。

　　云鬓斜簪，徒要教郎比并看。

　　这首词是李清照早年的作品，写的是她初嫁赵明诚时的爱情生活，全词充满了新嫁娘的娇嗔与欢愉。自古以来，人们爱花，宋朝都市中常有卖花担子走街串巷。"卖花担上，买得一枝春欲放"，新嫁娘叫丫鬟买来了一枝鲜花，这里的"春欲放"，既指代了鲜花，又使人联想到春色、春光、春意，给人以无穷的美感和联想。

　　接着写花的姿态："泪染轻匀，犹带彤霞晓露痕。"花上水珠晶莹，刚被折下的花不仅带着晶莹的晨露，而且还像披着红彤彤的朝霞。晨露点点，像是在哭泣，犹有泪痕，这是把花拟人化了。新娘刚起身，就从卖花担上买了一枝新鲜娇美的花，心中满溢着爱情的人儿才更爱花，这不是恰到好处地烘托了新婚的欢乐和甜蜜吗？这美艳的花正象征了他们美好生活的开始。

　　再看下阕："怕郎猜道，奴面不如花面好。云鬓斜簪，徒要教郎比并看。"这更是新娘爱新郎到极点的表现。新娘子已是美貌超群了，但她生怕她与"犹带彤霞晓露痕"的鲜花相比还不够娇美，因此猜度新郎会不会嫌她没花美。这分明又是在以人比花了。"云鬓斜簪，徒要教郎比并看"，这又是新娘在撒娇。新娘故意把花儿斜插在鬓发上，定要叫新郎看看，是人美，还是花美？

　　全词通过买花、赏花、戴花、比花，生动地再现了新婚夫妇的闺房之乐。诗人以花拟人，以人比花，表达了一对新人情深意笃的爱情。这首词今天读来仍觉生动活泼，富有浓郁的生活气息，真是一首不可多得的爱情诗。

◆　剪不断的离愁

一剪梅

〔宋〕李清照

红藕香残玉簟秋。

轻解罗裳，独上兰舟。

云中谁寄锦书来？

雁字回时，月满西楼。

花自飘零水自流。

一种相思，两处闲愁。

此情无计可消除，

才下眉头，却上心头。

这是一首写离愁的词。词人与丈夫分离，因极度的想念而产生了愁苦。

"轻解罗裳，独上兰舟"，一个"独上"，暗示了她的处境，点出丈夫不在她身边，往日两人共乘兰舟，今日只能"独上"了。"云中谁寄锦书来"，从盼丈夫情书的寄来，也知丈夫远在他乡。"两处闲愁"的"两处"正点出了他们天各一方。

诗人把离愁刻画得极有层次，上阕着重写相思。月圆之夜最宜思人之团圆，兰舟独上，只感形单影只，遥望天空遐想亲人行踪。无论在什么时间，无论在何处，这种思念都是刻骨铭心的。"花自飘零水自流"，与其说是一句景色描写，不如说是一句绝妙的借景抒情。这句写出了作者对人生、年华、爱情、离别的复杂感悟，写出了物在人去的无可奈何。这正和词人晏殊的那句"无可奈何花落去"有异曲同工之妙。

经过"花自飘零水自流"的过渡，下阕将"思"转化为"愁"了。"一种相思，两处闲愁"，分明是她一人在思，一人在愁，然而由词人推想到她的丈夫，深知这种相思与愁苦不是单方面的，在外的丈夫会不想她，会不愁苦吗？

最后的三个小分句，是被后人常吟诵的佳句："此情无计可消除，才下眉头，却上心头。"它好就好在把这愁苦从外写向了内心深处，可见愁苦不得排遣。以此收束全词，使人读后心头沉重。"眉头"与"心头"两相对应，"才下"与"却上"构成起伏，生动地表达了无法摆脱的离愁。这离愁经李清照一咏三叹，真是"剪不断"的了。

◆　字短意长　豪气冲天

夏日绝句

〔宋〕李清照

生当作人杰，死亦为鬼雄。

至今思项羽，不肯过江东。

　　说到李清照，很多人印象比较深的是她轻柔婉丽、缠绵悱恻的词风，而这首《夏日绝句》却一洗儿女之气，豪放、遒劲、慷慨、激昂。李清照流传下来的诗虽然寥寥可数，但大多采用托古喻今的手法，谴责误国的君臣，对国家的祸乱表示了关怀和悲愤，表达出她慷慨激昂的爱国热情，也显露了她诗歌艺术的造诣，体现了她豪放遒劲的诗歌风格。

　　《夏日绝句》是一首借古讽今、抒发悲愤的怀古诗。从字面上看，这首诗是在对千年以前的英雄——项羽发感慨。项羽的故事，是人们熟知的。项羽是个失败的英雄，而诗人在这里却赞誉项羽生为人杰，死为鬼雄的豪迈气概，追思项羽"无颜见江东父老"，宁可自杀而不肯南渡的悲壮结局，正是对逃命苟安的南宋君臣的辛辣讽刺。诗人借用典故，托古喻今，使这首只有二十个字的诗作达到了"字短意长"的境界。

　　这种强烈的悲愤之情，源于诗人自身的经历。李清照的身世遭遇是与国运紧密联系在一起的，靖康之变，也使诗人家破人亡，颠沛流离，尝尽人间艰辛。所以面对时局，她怎能不充满怨愤？诗人的这种怨愤，也正是当时千万蒙难百姓共同的怨愤。不以见江东父老为耻的南迁苟安的朝廷，只顾自己忍辱偷生，全然不顾百姓的死活，百姓们又怎能不充满怨愤？字短意长，豪气冲天，这就是《夏日绝句》得以广为流传的原因吧？

◆　刻骨铭心的爱　无边无涯的恨

沈园

〔宋〕陆游

城上斜阳画角哀，沈园非复旧池台。

伤心桥下春波绿，曾是惊鸿照影来。

要理解这首诗，首先要了解陆游的爱情故事。陆游年轻时，父母做主令之与表妹唐琬成婚，他们两人情深意笃，形影不离。然而这引起了陆游母亲的反感，责令陆游休掉妻子。母命难违，陆游只好把爱妻赶出家门。唐琬被休后嫁了人，陆游也娶了妻。

十年后，一个偶然的机会，他们两人在沈园相遇了。这次相遇把他们渐渐平息的痛苦又一次搅了起来。当时，陆游就在墙上题了一首有名的词

《钗头凤》，在词里大呼"莫、莫、莫""错、错、错"，责怪母亲，谴责自己。唐琬看后也和了一首《钗头凤》题在墙上，倾吐了内心的苦痛。这次相遇后，唐琬悲痛不能自已，不几年就郁郁而死，那年陆游正三十五岁。

四十年后，一生戎马倥偬、南征北战的陆游回到故乡绍兴，来到沈园，回忆起四十年前那相逢的一幕，老泪纵横，写了两首七绝，这就是其中的一首。

"城上斜阳画角哀"，这是写当时的所见所闻。断垣残壁的古城上，一抹斜阳令人悲伤，此时此刻还传来哀怨的角声。"沈园非复旧池台"，沈园已不是当年的沈园。也许沈园本身并没有变，而是老人的心境变了，一切都笼罩在悲哀中，都打上深深的主观烙印。

"伤心桥下春波绿，曾是惊鸿照影来。"桥下的春波还是那么绿，当年不正是在这绿水中看见唐琬向我走来的吗？曹植曾在《洛神赋》里描写洛神的姿态"翩若惊鸿"，这惊鸿一瞥永远留在作者的记忆里了。

四句二十八字的小诗，不容诗人仔细刻画，尽情抒写，但就这四十年前向他走来的绿波中的影子，已足以写出诗人那刻骨铭心的爱。一个即将入土的老人，回忆起那美好的相逢，深深感到人生的短暂、人生的无奈，此时此刻悔恨和回忆交集，悲伤共思念齐来，于是这千言万语都集中在"曾是惊鸿照影来"一句之中了。

◆　何处是归程　长亭更短亭

西厢记（选段）

〔元〕王实甫

〔正宫〕〔端正好〕碧云天，黄花地，西风紧，北雁南飞。

晓来谁染霜林醉，总是离人泪。

〔滚绣球〕恨相见得迟，怨归去得疾。

柳丝长，玉骢难系，恨不倩疏林挂住斜晖。

马儿迍迍的行，车儿快快的随，

却告了相思回避，破题儿又早别离。

听得道一声去也，松了金钏；

遥望见十里长亭，减了玉肌：此恨谁知？

这是元代王实甫的杂剧《西厢记》"长亭送别"的一个唱段。全剧讲的是张生与崔莺莺相爱，崔老夫人从中阻挠，经过红娘的帮助，终于使老夫人承认既成事实，但是她又提出"俺三辈儿不招白衣女婿"的要求，要张

生赶到京城去考官，否则"休来见我"。"长亭送别"一折戏写的就是崔莺莺
送张生去赶考。

先看第一支曲。"碧云天，黄叶地"是范仲淹的词《苏慕遮》里咏秋名
句，这里改为"黄花地"，写的是暮秋荒郊之景。一大清早，蓝天白云，满
地黄花，西风萧瑟，染红的枫叶，南飞的大雁，这一切构成了一幅寥廓萧
瑟、黯然神伤的图画。"晓来"两句使客观景色带上浓厚的主观色彩。

一个"染"字和一个"醉"字，写出了崔莺莺不可排遣的离愁别恨。
秋风一吹枫叶变红，这便是"霜林"。霜叶越红得无边无际，正如离别时主
人的泪一样，越发增加人的愁闷。

第一支全是写景，第二支则开始写情。客观之景是为主观之情服务
的。"恨相见得迟，怨归去得疾。柳丝长，玉骢难系，恨不倩疏林挂住斜
晖。""玉骢"是指青白色的骏马；"倩"，是请的意思。这四句比较容易理解：
只恨我俩相识这么晚，只怨离别又是那么的快，长长的柳丝难将那马儿系
住，恨不能请那疏林挂住西沉的太阳。

"马儿迍迍的行，车儿快快的随，却告了相思回避，破题儿又早别
离。""迍迍"，行动迟缓的样子；"回避"，避开、抛却的意思；"破题儿"，
考试写的诗赋开头几句称为"破题"，这里比喻事情的开始。前两句是说：
马儿请你慢慢行，车儿请你快快随。后两句是说：我们刚结束了西厢的两
处相思，却又开始了长久的分离，而且前途茫茫难以预料。

"听得道一声去也，松了金钏；遥望见十里长亭，减了玉肌：此恨谁
知？""金钏"，指金手镯；"长亭"，古人送别的地方。多么希望两人在一起
的时间长一些啊，然而，饯行分别的长亭正在眼前，听得恋人一声"去了"，
人顿时消瘦下来。连金钏也松落了，玉容也憔悴起来了，夸张的手法写出
了离愁别恨的揪心之痛。

这两支曲明白如话，寓情于景，从外景写到内心都细腻委婉，令人回味无穷，多少年来一直脍炙人口。

◆　风流旖旎　情意绵绵

减字木兰花

〔清〕纳兰性德

相逢不语，一朵芙蓉着秋雨。

小晕红潮，斜溜鬟心只凤翘。

待将低唤，直为凝情恐人见。

欲诉幽怀，转过回阑叩玉钗。

纳兰性德是满族人，隶属满洲正黄旗，他的始祖都是蒙古人，后成为叶赫那拉氏这一族的后裔。他本人担任康熙皇帝的侍卫队长，可以说在他年轻时代，纳兰家族是声威显赫，权倾朝野。有人曾说，他的家族就是《红楼梦》中贾氏一族的原型，甚至怀疑贾宝玉就是纳兰性德的化身。他本人深得康熙赏识，曾随御驾南巡七次之多。

虽然事业顺遂，但他的诗词却充满了哀怨之情，清末大文豪梁启超评价他的词作时说："容若小词，直追李主。"容若是纳兰性德的字，李主指南唐后主李煜。李煜的词大家都很熟悉，比如"问君能有几多愁，恰似一江春水向东流"等。纳兰词就是充满这样一种凄婉的风格。个中原因非常复杂，可以暂时不去讨论。这首《减字木兰花》中表现初恋者心情，就写得十分生动、细腻。

劈头四字"相逢不语"，便揪紧了人们的心弦。相爱的人偶然遇着，他们本来有许多知心话儿要说，然而只是四目交投，谁也开不了口。"一朵芙蓉着秋雨"，是写女主人公的容貌，她美得像一朵芙蓉花，那湿润的泪痕，令人联想到鲜花着雨。

"小晕红潮"，忽然见她脸上泛起了红晕，低头走开了。"斜溜鬟心只凤翘"一句，作者写的只是玉钗的抖动，通过这玉钗的抖动既描绘了女主人公垂肩甩袖，步履含愁的形象，又写出了她低头走开的姿态。乍一相逢，机会难得，于是作者想叫住她，可是声音还未出口，又咽了回去。"恐人见"三字，道出了相爱者无由相亲的原因。

"欲诉幽怀，转过回阑叩玉钗"，眼看她就要溜走了，霎时间，她又转过回廊，在不显眼的地方轻叩玉钗。这究竟是约他在这儿等待呢，还是要转身多看他一眼？作者没点明，只让读者自己去咀嚼了。

这首词写得颇有特色，作者抓住人物极其细微的举动和表情的变化，含蓄地表现出年轻恋人无法言传的心境。为什么欲言又止，趑趄不前？是有人干涉阻隔吗？不，他们只是怕被人瞧见，"人言可畏"，人言的力量，在于它能用舆论编成一条又粗又长的绳索，在于它能在青年人的心头构筑一道防止越礼的壕沟。

也许，这对恋人相遇的一刻，周围并无一人，只是他们过分胆怯、谨慎，白白放过了这珍贵的时刻。而他们在绵绵情意中掺杂着的苦涩滋味，却曲折地表现出封建礼法加在青年身上的无形压力。

山水诗

竹喧归浣女，莲动下渔舟。
随意春芳歇，王孙自可留。

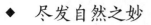

◆ 尽发自然之妙

敕勒歌

北朝民歌

敕勒川，阴山下。

天似穹庐，笼盖四野。

天苍苍，野茫茫，风吹草低见牛羊。

《敕勒歌》本来是鲜卑族的民歌，后来翻译成汉语。虽然诗句长短不齐，但诗歌节奏和谐，音调铿锵，韵律十分优美，具有一种非常浓郁、浑朴、苍莽的草原气息。可以说这是一首歌唱敕勒川的草原赞歌，尽发自然之妙。从内容上讲，这首民歌反映了当时北方游牧民族的生活和生存环境。

这首诗展现了一幅优美的自然风景画：敕勒草原在巍巍阴山的守卫与烘托下，显得那样的雄伟壮观。长空苍天，一望无际；旷野千里，空阔无垠。在高朗的天空下，在辽阔的草原上，水草丰美，牛羊肥壮，牧业兴旺，呈现一派安谧和平的氛围。草原景色如画，充满生机活力。寥寥数语，就展示了一幅充满自然之美的恢宏图景。

在美景之下，还可以感受得到北朝民歌所特有的明朗豪迈的风格，字里行间充满着强烈的民族自豪感，蕴含着牧民们热爱家乡、热爱生活的真挚感情，更显示出北方游牧民族豪爽的性格与胸怀。情和景自然有机地融合，营造出壮美的意境，读着这样的诗，读者怎能不自然而然地受到强烈的感染呢？

　　这首诗基本上不用什么修辞技巧，也没有华美的词藻，而是带着劳动人民特有的粗犷、浑朴。诗中唯一的一处比喻——"天似穹庐，笼盖四野"，也完全来自生活，自然贴切。"穹庐"是蒙古包，是游牧民族中常见而又重要的生活必需品。把"笼盖四野"的苍天比作"穹庐"，脱口而出，却又是由衷而发。此外，这首诗描绘的景色，由远而近，俯仰交替，动静结合；画面转换自然流畅，不着痕迹；整首诗一气呵成，也是一种"自然之妙"。

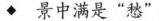

◆　景中满是"愁"

宿建德江

〔唐〕孟浩然

移舟泊烟渚，日暮客愁新。

野旷天低树，江清月近人。

　　建德位于浙江省西部，钱塘江上游，建德江就是新安江流经建德的那一段江水。作者在建德江上度过了一个平常的夜晚，可正是这平平常常的夜晚写的诗，反映了诗人的真实心境。

"移舟泊烟渚"，意思是把舟船停靠在江中一个烟雾朦胧的小洲边。这一句是实写，点明了"宿建德江"这件事。"日暮客愁新"，停了船，应该静静地休息一夜，消除这疲劳才是，可为什么又有新的忧愁涌上心头呢？黄昏时分，众鸟还林，牛羊回栏，鸡进笼舍，太阳下山，一切都集中在"归"字上。由此诗人想到自己仍漂泊在外，何时才能回到自己的家？此时此刻，对故乡的思念，仕途的失意，理想的幻灭，人生的坎坷，千愁万绪，一齐涌上了心头。

"野旷天低树，江清月近人。"天渐渐黑了，苍苍茫茫的天底下，旷野无边无垠，放眼望去，远处的天空显得比近处的树还要低。月亮升起来，映在澄清的江面上，和舟中人离得那么近。从表面上看，诗人在三、四两句一转，不再写愁，而转到写景了。其实，写景是其表，写情才是真。可以想象一下，面对如此亲近的明月，诗人心里会涌起什么波澜呢？诗人曾在《自洛之越》诗中写道："遑遑三十载，书剑两无成。山水寻吴越，风尘厌洛京。"诗人曾怀着多年的准备与希望奔往长安，而今却孑然一身，被弃置而去。四野茫茫，明月孤舟，何处是我的前程，何处是我的归宿？我将漂向何方？这一切一切的愁绪，如悠悠江水，浩渺绵长，尽在不言之中了。

一般人都把王维和孟浩然并提，称为"王孟"，说他们是山水诗人，其实，他们两人有相同点，也有不同之处。他们在写景的技巧上确实都很高明，这是相同的，但反映出来的心境却不同。王维已经到了无忧无愁的超然物外的境界，如"人闲桂花落，夜静春山空"，内心平静而淡然；而同是写景，孟浩然的景物中就充满着愁。一个无怨无恨，一个愁绪满怀，在这一点上，两者又是不同的了。

◆ 虚实相生　方臻妙境

登鹳雀楼

〔唐〕王之涣

白日依山尽，黄河入海流。

欲穷千里目，更上一层楼。

　　这是一首很有名的诗，尤其是"欲穷千里目，更上一层楼"两句，给人以登高才能望远的启迪，成为众所周知的格言。但这首诗真正动人的地方却又不仅是最后两句，如果没有前面的铺陈，这首诗也不会千古流传了。

　　那到底是什么打动了人们呢？我们可以先来看看诗里的意象——白日、高山、黄河、大海，还有"尽"与"流"。把这些意象连起来，"白日依山尽"，一轮红日伴着火一般的晚霞正傍山依岭渐渐消失，呈现出一幅宏伟的空间图像，给人一种无边无涯的感受。"黄河入海流"，大河滚滚向前，不可阻挡，最后归入大海，让人联想到时间的流逝，无穷无尽。这就给人一种时间的久远之感。这样，作者一下子就把我们置身于浩渺的宇宙时空中，面对这无际无涯、无始无终、无穷无尽的时空，人的心灵不得不受到震撼，受到涤荡，精神得到了升华。

　　太阳下山了，第二天又升起，周而复始；黄河向东流去，日夜不停，奔腾不息。人类的发展，世界的真理何尝不如此，人类世代繁衍无穷，犹如自然界的白天黑夜，更替不绝；真理的长河，流驰不居，好像黄河之水，滔滔不止。因此，人类的追求也将永远没有尽头。在这样的背景下，"欲穷千里目，更上一层楼"，它的含意就不是一般的生活常理了。这就使我们通过具体形象，通过对宇宙时空的永恒实体的感受，领悟到了"吾生也有涯，知也无涯"的真理。要使自己的人生变得有意义，就必须不断发挥自己的主观能动性，积极进取，朝着真善美的极境追求不息，最大限度地获得成就。

　　总之，这首诗前两句落地，后两句飞升；前两句充实，后两句空灵；两者结合，成为一个完整的审美境界。太实则死，太虚则玄，又实又虚，方为妙境。

◆　体贴入微　合情合理

山中留客

〔唐〕张旭

山光物态弄春晖，莫为轻阴便拟归。

纵使晴明无雨色，入云深处亦沾衣。

　　春天到了，诗人邀请远方的客人到山中的家里作客，然后一起携手登山。山中景物美不胜收，倘若写得太具体，花草、树木、山峰、泉水，就会写不胜写，弄不好还会分散读者的注意力。如果浮光掠影地写上一两句，又无法留给读者深刻的印象。

这首诗的开头就写得很好："山光物态弄春晖"，青山里的所有景物在春日阳光沐浴下都散发出光彩。"山光""物态""春晖"都是偏正结构，光有这三个词组，还不能从根本上摆脱静态，加了一个"弄"字，立刻化静为动，显得栩栩如生，更含有一种亲切温暖、融洽无间的感情色彩。这句诗又形象又概括，虽没有一一写来，却把山中的美好景物都包罗无遗。

人们常说春天是孩儿面，天气变化较多，可能是天上的云多起来了，客人担心下雨，便产生了下山归去的念头。诗人不是这样，他像一个高明的心理学家，体贴入微地做劝说工作："莫为轻阴便拟归。""轻阴"不像乌云堆积那么可怕，春天即使真的下雨，也不过是牛毛细雨而已。

针对客人的顾虑，诗人又劝说道："入云深处亦沾衣。"即使没有"轻阴"，完全是晴好天气，进得山来，随着山势的愈来愈高，山中的云雾愈来愈浓，也会把衣服沾湿的。在喧嚣的地面住久了的客人，能够摆脱日常事务的羁绊，进入湿润的云烟深处，不也十分有趣吗？可见此诗既懂人们的心理，又富于艺术表现力，不愧是一首好诗。

◆　清新秀丽　恬静谐和

山居秋暝

〔唐〕王维

空山新雨后，天气晚来秋。

明月松间照，清泉石上流。

竹喧归浣女，莲动下渔舟。

随意春芳歇，王孙自可留。

　　王维的很多诗像清新秀丽的山水画，给人优美恬适的意趣。这首《山居秋暝》就是其中之一。诗题中"暝"是傍晚的意思，"秋暝"就是秋天的傍晚。

　　这首诗描绘的意境很美，"空山新雨后，天气晚来秋"，在一个秋天的傍晚，山里刚下了雨，阵阵清凉的秋意令人爽快。"明月松间照，清泉石上流"，这时，皎洁的月光洒在带着水珠的松树上，雨后充溢的泉水在溪石上淙淙流过。"竹喧归浣女，莲动下渔舟"，"喧"，就是喧闹；"浣"，就是洗衣服。竹林中传出了一阵阵笑声，原来是浣纱的妇女们回来了；荷叶纷纷向两旁披开，原来是渔船摇过来了。

　　"明月松间照，清泉石上流"也成了千年流传的脍炙人口的名句。这联着重写物，从所见写到所闻；而下一联"竹喧归浣女，莲动下渔舟"却相反，从所闻写到所见，重在写人。

诗中出现了许多景物，明月、青松、清泉、翠竹、碧莲、浣女、渔舟，有声有色，可全诗一开头却说是"空山"，这似乎是矛盾的。这种"空"的意象还经常出现在王维的其他诗中。当时奸臣李林甫当权，政治腐败、嫉贤妒能，诗人不愿与之同流合污，而选择留恋山水、悠闲自在的生活，因而在他四十岁以后的诗中喜欢用"空"字，特别在《桃源行》中有一句"世中遥望空云山"，为"空山"下了很好的注脚。"空山"是一种远离了社会世俗的净化了的理想世界，不是真的什么东西也没有。诗中清新秀丽的画面，恬静谐和的生活情调，就是作者追求的理想境界和流露的情趣。

这样，"随意春芳歇，王孙自可留"就可以理解了。楚辞《招隐士》中有"王孙兮归来，山中兮不可久留"一句，作者却说任凭春天芳华的景物消歇吧，秋天的景色足以欣赏，王孙自可留在山中，这个"王孙"不是别人，正是王维自己。

◆　一幅雄伟壮阔的"能言画"

使至塞上

〔唐〕王维

单车欲问边，属国过居延。

征蓬出汉塞，归雁入胡天。

大漠孤烟直，长河落日圆。

萧关逢候骑，都护在燕然。

737年，王维奉唐玄宗之命出使边塞去慰问将士，察看军情，这首诗就是写出塞时的沿途景色。全诗可这样解释：我驾着轻便的车，奉命去边塞慰问将士，冒着满地飞卷的尘沙经过居延。抬眼望，一群归雁向着与匈奴交界的北方飞去。出了汉塞，到了萧关，遇到侦察的骑兵，才得知主将还在前线指挥作战。

严格地说，这并不是王维的杰作。此诗得以出名，全在于第三联对塞外风光的描写。《红楼梦》第四十八回香菱对此联的评价说得很好。她说："'大漠孤烟直，长河落日圆'，想来烟如何直？日自然是圆的。这'直'字似无理，'圆'字似太俗。合上书一想，倒像是见了这景的……"浩瀚沙漠，一望无垠，天空晴朗，无云无风，又无林木山石阻碍，视野开阔，看起来孤烟是直了，落日也显得又大又圆了。将士为报警或报平安烧的狼粪，它升起的烟即使风吹也不会斜，何况无风天气呢。

虽然没有见到真景，但通过诗中的描绘，使我们看到了一幅雄伟壮阔的边塞图。这幅画中落日是红色、大漠是黄色、孤烟是灰色、长河是蓝色，色彩对比鲜明，景色又是多么鲜艳。再从线条上来说，它的构图是用了一条直线，两条横线，一个圆圈。孤烟是一条直线，落日是一个圆圈，长河、大漠是两条横线。从审美心理学上说，直线使人感到雄伟、挺拔，横线给人以宁静、平稳、开阔感。如果全是直线、横线，构图就太单调了。现在再加上一条"落日圆"的曲线，使画面顿时起了变化，也使景色平添了几分绚丽与妩媚。

诗与画是不同的艺术门类，各有特点，但都是形象思维，又有相同之处。我们如果能以造型艺术手法去探索王维的诗境，也许对王维诗篇的审美感受会更加真切。

◆ 以诗问天

春江花月夜（节选）

〔唐〕张若虚

江天一色无纤尘，皎皎空中孤月轮。

江畔何人初见月，江月何年初照人？

人生代代无穷已，江月年年望相似。

不知江月待何人，但见长江送流水。

这是《春江花月夜》中最精彩的一段。春、江、花、月、夜，五个意象组成一幅美妙的图景。"江天一色无纤尘，皎皎空中孤月轮"，这两句把月下的景色写得很美，春江和蓝天朦朦胧胧地融为一体，是那么圣洁，如洗过一样，没有一点尘埃。

抬头见一轮明月悬在空中，于是作者面对江天提出了奇妙的问题："江畔何人初见月，江月何年初照人。"在这江边是哪一个人最早看见月亮的？江上的月亮是哪一年开始照人的？这其实提出一个宇宙的奥秘，就像屈原问天那样：人是从哪里来的？宇宙是怎样发生的？可又提得那么轻松优美。

接下来，作者自己作了回答——"人生代代无穷已"，生命虽然是短暂的，人类一代一代相传却是无穷无尽，亘古长远。古人的诗一般都为人生短暂而伤感，可张若虚的这首诗却充满活力与乐观的情调。

"江月年年望相似"，水在不停地流动，昔日的江水已一去不复返，现今的流水已不是昔日的流水；同样地球上的人看月亮，天天升降，但今日所见，也已非昔日所见，只是"望相似"罢了。宇宙在永恒的变化中这个朴素的唯物主义思想，通过这样美妙的诗句，表达得淋漓尽致，可谓举重若轻。李白也有这样几句诗："今人不见古时月，今月曾经照古人，古人今人若流水，共看明月皆如此"，也许是从这首诗中得到的启发。虽然都在变，但人变得快，而月亮却变得慢，这就补充了张若虚的意思。

"不知江月待何人，但见长江送流水"，江上的月亮好像在等谁，可它终于没有等到，只看见滚滚长江东去。

这首诗前面几句写春江花月夜的美妙景致："春江潮水连海平，海上明月共潮生。滟滟随波千万里，何处春江无月明……"，在春潮上涨时，一轮明月从想象中的海边升起，此时此刻整个世界都沐浴着清凉的月光。后面还有很长的内容，主要是讲月夜下的情景：写思妇想念游子，写游子思念闺中人……在这样的月夜，怎能不引起人的思念之情呢？

有人说，这首诗是唐诗第一。闻一多还说它是"诗中的诗，顶峰上的顶峰"，一点也不虚假。

◆ 苍凉的"风雪夜归图"

逢雪宿芙蓉山主人

〔唐〕刘长卿

日暮苍山远，天寒白屋贫。

柴门闻犬吠，风雪夜归人。

漠漠黄昏，茫茫苍山，寒气凛凛，茅舍点点，这是这首诗传递出来的苍凉图景。从日暮到风雪交加的黑夜，好不容易才找到一户人家投宿，可见走了多么漫长的一段路。旅途的困顿、旅人的焦虑，也可想而知了。作者投奔的人家，是很清贫的。"白屋"不是形容白雪覆盖的房子，指的是房顶用白茅草覆盖的不加修饰的房屋，与第三句"柴门"照应，可见房屋简陋，家境清贫。

这"归人"既是诗中的主人公，也是诗人的自我写照。诗人曾两次被贬谪，此诗就是在被贬时写的。他还曾写过"万里猿啼断，孤村客暂依"，当时诗人的心情又该是多么凄苦孤寂，幸好他遇到了一个好心的芙蓉山主人。

荒山小村，本来人烟稀少，又是夜深人静，却来了个陌生人，家犬看到了怎么会不惊叫呢？这一叫打破了山村的宁静，惊动了早已入睡的主人。一个"归"字，写出了作者客至如归的感受，可以想象那个主人急忙披衣出门，问明情况，引客入屋，热情招待。对这一切，"归人"也许会感到一丝的温暖、片刻的慰藉。可是诗人像高明的摄影师一样把它都剪掉了，给读者留下一个遐想的空间，让人回味无穷。

这首诗先写"苍山"，次写"白屋"，再写"柴门"，由远而近，用了一种推镜头式的电影手法。最后一个特写，定格在"风雪夜归人"身上。此时，诗人被贬谪的愁绪，旅途的困顿，思归的急切全都融化在这风雪交加的黑夜里了。这一名句已经远远超过了诗句本身的含义，而成了一种象征意蕴，有类似生活体验的人读了怎能不为之动容呢？

◆　令李白拍案叫绝的好诗

黄鹤楼

〔唐〕崔颢

昔人已乘黄鹤去，此地空余黄鹤楼。

黄鹤一去不复返，白云千载空悠悠。

晴川历历汉阳树，芳草萋萋鹦鹉洲。

日暮乡关何处是？烟波江上使人愁。

　　李白是个非常自负高傲的人，他的诗可以比作中国诗歌的一座顶峰。但有一次他登上黄鹤楼，看到崔颢题咏黄鹤楼的诗，却说："眼前有景道不得，崔颢题诗在上头。"就是说崔颢有这首诗写在前面，我就不敢再题诗了。宋代严羽《沧浪诗话》中也有"唐人七言律诗，当以崔颢《黄鹤楼》为第一"的赞誉。为什么这首诗会获得如此高的赞誉呢？要知道，一首诗的好坏，最根本的就是诗的立意，古人说意高则文高，意矮则文矮。这首诗的立意，就是长久以来被人称颂的关键。

　　开头四句记述了一个传说，据说这里过去常有仙人乘黄鹤前来憩息，又乘黄鹤离去，所以后人建造了黄鹤楼纪念他们。后面两句则是写诗人在楼上看到的景象，汉阳的树，鹦鹉洲上的芳草，都是一派生机勃勃。可是在这充满生机的辽阔景象前，诗人却突然伤感了起来——"日暮乡关何处是？烟波江上使人愁。"他愁什么，为什么要愁？这是解开诗人立意的关键所在。

　　有人认为愁的是思乡，但唐诗写思乡的诗太多，登楼而思乡，这主题也太平常了，而且如果真的写思乡，开头四句就太没有必要了。写仙人的一去不返与思乡何干？写"晴川历历，芳草萋萋"，又与思乡何干？这种诗李白是不会拜倒的。他所愁的，是"空"，是人生的归宿。

　　前四句诗中"黄鹤"出现三次，"空"字出现两次，这不是偶然的。唐朝诗人大多信奉佛教，信奉道家，比如李白就上山做过道士，而且做得很认真。佛教也好，道教也好，都在探讨一个人生最重大的问题，人死了到哪里去？所以"日暮乡关何处是"里的"乡"并不是家乡的"乡"，而是《庄子》里的"无何有之乡"，是陶渊明《归去来兮辞》中的"富贵非吾愿，帝乡不可期"之"乡"。我们所生活的世界不过是我们暂住的地方，最多一百年；而我们所来的，又必然要回去的那个世界，才是我们真正的故乡，是我们最终的归宿。

　　诗人崔颢所说的"烟波江上使人愁"，就是人生的归宿问题。他登上黄鹤楼想到仙人乘鹤而一去不返，他看到眼前晴川历历、芳草萋萋的一派生机，想到在这个世界上，我能住多久，所以发出"日暮乡关何处是？烟波江上使人愁"的慨叹！这样来看，开头的四句才有了着落，这三个"黄鹤"、两个"空"就不是无缘无故了。

　　这三个"黄鹤"、两个"空"像三记警钟，一下一下地敲在李白的心坎上，那么自然，那么隐蔽，却又那么沉重，难怪"诗仙"要拍案叫绝了。

◆　诗里的童话故事

归雁

〔唐〕钱起

潇湘何事等闲回？水碧沙明两岸苔。

二十五弦弹夜月，不胜清怨却飞来。

　　这首诗题目是《归雁》，内容似乎也在写归雁。诗句都很浅显，但字里行间又透露出一些别的感情。如果将前面两句和后面两句看成是作者和大雁的对话，那么情感就很容易把握了。

"潇湘何事等闲回",诗人看到大雁从南方飞了回来,就问它:"潇湘这个地方多好,你为什么随随便便地回来了?"大雁回道:"二十五弦弹夜月,不胜清怨却飞来。"那二十五根弦的瑟在有月亮的晚上弹奏,凄凉的曲子我实在受不了,所以只好飞回来了。瑟声清怨,连大雁都受不了,不忍心听下去,人听了当然更感动,更伤心,更忍不住要落泪了。

也有人说,这首诗是"大雁"和"大雁"的对话,这就更有一种童话的色彩了,不过意思仍没变,大雁尚且伤感,更何况是人呢?

短短四句诗,构思新颖,想象丰富。借大雁之口,通过潇湘夜景和瑟声的清怨,写出了音乐的动人。可见表面上写的是大雁,实际上是写诗人在春夜的感受。诗中没有直接说这种感受是什么,正因为没有明白说出,才留给读者无限的想象空间。

◆ 鼓舞人心的一流好诗

望岳

〔唐〕杜甫

岱宗夫如何?齐鲁青未了。

造化钟神秀,阴阳割昏晓。

荡胸生层云,决眦入归鸟。

会当凌绝顶，一览众山小。

古人评杜甫的诗，说他沉郁顿挫。其实，杜甫早年的诗也是很乐观轻快、雄阔开朗的，这首《望岳》就表现出他雄健旷达的风格。这是现存杜诗中年代最早的一首，开元二十三年（735年），二十四岁的杜甫到洛阳参加进士考试，没考中，便和友人到山东、河南、河北一带漫游。诗人少年气盛，对考试落榜并不过分在意，在登上泰山时，就写了这不朽的名篇。

"岱宗"即泰山，泰山为五岳之首，历代帝王，包括唐玄宗，大都上泰山祭祀过，因此在诗人心目中泰山极其神圣、崇高，所以远远望见泰山自然会自问，泰山到底有多高大？"齐鲁青未了"，它横亘古代的齐国和鲁国，千里苍翠，连成一色。诗人用泰山方圆之广，烘托它的巍峨、高峻，可谓匠心独运，后来者无人企及。

"造化钟神秀"，"造化"就是大自然，"钟"是集中的意思，天地的灵气汇集在一起，培养出如此秀丽的景致。在这里诗人把大自然写活了，是它把人间最神奇、最秀美的景致和神韵都赋予了泰山。"阴阳割昏晓"，山北为阴，山南为阳，由于泰山的高大，把整个天色分割成一昏一晓。仿佛一边是黄昏，一边刚拂晓。这个"割"字既写出泰山的高，又写出了它的险峻，大有刺破青天之势。

前面都是客观地写泰山，接着就是通过主观感受写了。"荡胸生层云"，登上山峰，云彩飘来，诗人的心胸仿佛被洗涤了一番，顿觉豁然开朗，考场的失意一扫而光。"决眦入归鸟"，"眦"是眼眶，诗人睁大眼睛看着飞鸟归山林，几乎忘记了自己的存在。

最后，诗人仰望最高峰，写下了千古名句："会当凌绝顶，一览众山小。"会当",就是一定能的意思。到这时诗人还只在日观峰上,还没有登上顶峰,可他已忍不住为景致所迷,心驰神往,神游顶峰,说我一定要攀上这顶峰。那时,看到的众山在我面前将变得多么渺小。这话体现了杜甫敢于攀登的勇气和俯视一切的气概。

　　这首诗从远望发问开始写起,逐渐推进,一路攀登,最后到达"绝顶",气势宏大,引人入胜,真不愧是一流的好诗。

◆　四幅画一首诗

绝句

〔唐〕杜甫

两个黄鹂鸣翠柳,一行白鹭上青天。

窗含西岭千秋雪,门泊东吴万里船。

　　这首诗是由四幅画构成的,一句就是一幅。第一幅:"两个黄鹂鸣翠柳。""黄鹂"就是黄莺,叫声十分清脆悦耳,它们在青青的柳间不停地鸣叫,春天的气氛就出来了。早春的清晨,由于有了这些鸟鸣的声音,使人身上有一种暖洋洋的感觉。第二幅更好看:"一行白鹭上青天。"晴空万里,一览无余,只有这一行白鹭在青天上翱翔,给人一种高而远的境界,看了之后心旷神怡。

这两幅画，前一幅是近景，后一幅是远景，形成鲜明的对照。前一幅是杜甫自家院子里的风景，后一幅是整个天空的景色；一是平视，一是远视。更有意思的是这两句诗还组成了一副对联："两个黄鹂"对"一行白鹭"，都是飞禽；"鸣"和"上"都是动作；"翠柳"对"青天"，形容词都是色彩，都形成一种背景，真是精细工巧极了。

下面两句也是一副对联："窗含西岭千秋雪"，打开西边的窗户，就看到高高的岷山，因为山太高，终年积雪不化，所以称为"千秋雪"；"门泊东吴万里船"，杜甫在成都的家就面对着大江，由大江乘船可以东行万里到东吴，也就是苏州一带。三国时，诸葛亮送他的部下出使到东吴去，说道："万里之行，始于足下。"直到现在，杜甫草堂边上还有一座"万里桥"。

"窗"和"门"，"含"和"泊"，"西岭"和"东吴"，"千秋雪"和"万里船"，这些都是能对起来的。光对子对得好，还不过是个形式，主要还是诗的意境很优美。一个"含"字把窗外的景色写活了，可离不开窗子里面自己的眼睛。一个"泊"字，使人觉得这艘船随时随地都会启航，心也就跟着它一起远航了。这两句诗前一句是静态的，后一句是动态的。再进一步说，前一句是时间的，后一句是空间的。时间是"千秋"，空间是"万里"。这样说起来，这四句诗非但是画，而且是动态的画。

除此之外，这首诗读起来还有一种节奏感，韵律美。这就是中国古诗所特有的音乐美，既是画，又是诗，还是一首乐曲，三者结合起来，能说不美吗？从这景物美和音乐美中，还能体会到杜甫愉快的心情。当时安史之乱已平息，杜甫怎么能不高兴呢？所以归根到底，景美、音美都是因为情美。

◆　**气魄宏大　忧思深远**

登岳阳楼

〔唐〕杜甫

昔闻洞庭水，今上岳阳楼。

吴楚东南坼，乾坤日夜浮。

亲朋无一字，老病有孤舟。

戎马关山北，凭轩涕泗流。

古往今来，为岳阳楼作文题诗的人可谓车载斗量，可最出色的还要数范仲淹、杜甫。这首诗写于公元768年，离杜甫去世只有两年，当时吐蕃进攻唐王朝，战事频仍，处于多事之秋。这年春天，杜甫携家眷从四川夔州出三峡，生活穷困潦倒，贫病交加，到处漂泊。到了冬天，他抱病登上岳阳楼，凭轩远望，忧国伤时，不禁悲从中来。他早年有远大的政治抱负，可一生潦倒坎坷，一腔悲愤只好凭借诗歌宣泄。

"昔闻洞庭水，今上岳阳楼"，表面上看，似乎是讲自己对洞庭湖、岳阳楼久怀仰慕之情，今日有幸登临，一览大好湖光山色，心里很高兴，实际上却是说自己怀才不遇。昔日壮志满怀，今朝已成泡影；"昔闻"时年轻力壮，"今上"时已老病缠身。

接着第三、四句"吴楚东南坼，乾坤日夜浮"，写在岳阳楼上见到了壮丽景色，广阔无垠的洞庭湖水，似将古代吴国和楚国所在的东南大地劈成两半。"坼"就是裂开的意思，整个宇宙连日月星辰都像在其中出没升沉。这短短十个字就把八百里洞庭浩瀚无边、雄伟壮阔的景象描绘了出来。这一联对仗特别工整，不仅上下句相对，而且当句自对，"吴"对"楚"，"东"对"南"，"乾"对"坤"，"日"对"夜"，做到了运笔如椽，举重若轻，很有特色。

面对湖面的宏伟气派，杜甫想到自己坎坷潦倒，壮志未酬，亲朋隔绝，疾病缠身，以舟为家，所以接着即景抒情，"亲朋无一字，老病有孤舟"。这一"无"一"有"，字义相反，却互相衬托。"舟之孤"显出"无一字"之可痛，"无一字"更见"舟之孤"之可悲。

但杜甫毕竟是诗圣，他忧国忧民的情怀，绝不停留在个人小天地里。最后诗人吟道："戎马关山北，凭轩涕泗流。"诗人凭轩北望，纵横如雨的老泪，不单为个人，更是为多灾多难的国家、流离失所的人民而流。

这种推己及人的思想，在杜甫的《茅屋为秋风所破歌》里也有，"安得广厦千万间，大庇天下寒士俱欢颜，风雨不动安如山。呜呼！何时眼前突兀见此屋，吾庐独破受冻死亦足。"

◆　动静相映的春景图

滁州西涧

〔唐〕韦应物

独怜幽草涧边生，上有黄鹂深树鸣。

春潮带雨晚来急，野渡无人舟自横。

《滁州西涧》描写的是滁州的风景，滁州即今天安徽省滁州市，与欧阳修《醉翁亭记》里"环滁皆山也"里的"滁"是同一个地方。欧阳修说"西南诸峰，林壑尤美"，韦应物描写的"西涧"就在滁州西南诸峰、林壑的环抱之中。

自然景物并不是笼统、呆板的，其中有动也有静，一首好的风景诗应做到动静相映。诗人在暮春时节一个人来到车马到不了的涧边散步，看到绿草如茵，流水潺潺。"独怜幽草涧边生"，就给人一种幽静极了的感觉。再看第二句，"上有黄鹂深树鸣"。一派佳木葱茏、树荫浓密的幽静景象中，出现了黄鹂的鸣叫。这句和前一句并不完全一样，在万籁俱寂之中忽然听到黄莺清脆的鸣叫声，让人感到静中之动，更加富于生机和情趣。

此诗后两句也是动静相映的例子，不过它们和前两句的写法稍有不同，这里先写动态，再写静态。"春潮带雨晚来急"，我们不妨设身处地想想，晚雨急至，春潮上涨，雨声、潮声合在一起，多么热闹，而等到这场春雨过后——"野渡无人舟自横"，一条渡船横在河上，宁静极了。

诗人特意用了一个"自"字，说明渡船好像善解人意似的，正和诗人恬静闲适的心情相呼应。可见此诗的意境不光宁静，还十分悠闲。从景物之间的关系说，是动静相映，从景物和诗人心态的关系说，是情景交融。

欧阳修是宋代作家，韦应物是唐代诗人，欧阳修不光在韦应物之后写了著名的《醉翁亭记》，他还十分喜爱韦应物这首诗，特地亲手书写了《滁州西涧》，并把"野渡无人舟自横"改了一个字——"野岸无人舟自横"，借用在自己的词作中，这也说明我国的文学创作源远流长，前后辉映。

◆　疑云重重话《渔翁》

渔翁

〔唐〕柳宗元

渔翁夜傍西岩宿，晓汲清湘燃楚竹。

烟销日出不见人，欸乃一声山水绿。

回看天际下中流，岩上无心云相逐。

柳宗元的《渔翁》是一首既有奇趣又有争议的诗，关于这首诗还打了一场九百多年的笔墨"官司"。

　　首句"渔翁夜傍西岩宿"，说一个渔翁晚上靠在西边悬崖上睡着了。写了时间、地点、人物、动作，不过是平平而起，写得很实。第二句就奇了，"晓汲清湘燃楚竹"，渔翁打水生火做饭本身是平常之事，然而水用的是"清湘"，竹用的是"楚竹"，就超凡脱俗了，主人公就有了一种清高的品格。

　　第三、四句就更奇了，"烟销日出不见人，欸乃一声山水绿"。本来诗人是用炊烟来凸显主人公形象的，不料又笔锋一转，用一阵炊烟虚化了主人公，这种从大实到大虚的变幻写法确实令人感到突兀、惊奇，美不胜收，烟也消了，人也没了，只有阳光照耀下山水一片青绿和不知从哪传来的一声桨声……这渔翁仿佛化入了山水中，在青山绿水之间，处处都有他的身影在。寂寥而清幽的山水和诗人孤寂而清高的心境是多么一致。

　　后面还有两句"回看天际下中流，岩上无心云相逐。"回头看看天边江水在向下流去，那山岩上云彩正自由自在地与江水追逐。正是围绕着这诗末两句，近千年来一直在打着一场马拉松"官司"。

　　说起这场官司，"原告"就是北宋大诗人苏东坡，是他"起诉"的。他认为这首诗的第三、四两句诗有奇趣：渔翁在生火煮饭，可饭熟了，烟消了，人却不见了，只听见欸乃一声，那青山却显得更绿了。诗到这里有一种意味无穷的效果，可以把后面两句删去。

　　其实，苏东坡也只是说一点体会，本不想定案，想不到后人却认真了。南宋的刘辰翁，明朝的李东阳、王世贞认为最后这"回看天际下中流，岩上无心云相逐"两句写渔夫正摇着船顺流而下，回头看到云与流水在互相追逐，点出了作者自诩如清风白云一样高洁，删掉就没这意思了。

　　一直到现在，大家都还争论不已，有的"主删"，有的"主留"。其实，"删""留"之争的关键在于思想内容而不在于结构形式，具体地说就是在于

"回看岩云"是否具有寓意。如果仅属一般写景，那么前四句足矣，而且删去后更显得奇直盎然。但若有寓意，那么这两句正是点睛之笔。到底是"删"好还是"留"好，全看欣赏者本身的体会和理解。

◆ 写景皆寄情　曲终意犹深

乌衣巷

〔唐〕刘禹锡

朱雀桥边野草花，乌衣巷口夕阳斜。

旧时王谢堂前燕，飞入寻常百姓家。

这是刘禹锡的名诗，粗读起来好像句句都懂，但细读又觉得意思难以琢磨，诗人的感情似乎隐藏在诗的后面，十分含蓄。

诗中写了桥、巷、花、野草和夕阳几个景象，每一个都仿佛笼罩着一种苍凉的气氛。细细揣摩，就知道诗人对"夕阳"这一景色，是有意选择的。如果把景色孤立起来分析，诗人的"有意识"是不容易体会到的。但把这些景色融汇在一起，组成一幅有机的画面，就十分明了了。

朱雀桥、乌衣巷都是六朝古都南京的胜地。乌衣巷里，曾经住过晋朝开国元勋王导、决胜淝水之战的谢安，他们在这里留下了多少辉煌的业绩，又带来多少繁华与鼎盛。而今，桥边野草萋萋，巷口车马寂寥，一切都过去了，多愁善感的诗人，面对遗迹，怎能无动于衷？那一抹在桥边巷口的淡淡斜阳，不就是诗人心头上一丝苍凉的历史变迁感吗？可见"夕阳"正是诗人抒发感情的需要，是"有意识"的选择。

但诗人所寄之情，不仅表现在对历史的追怀上，还表现在对现实的思考上。我们来看下面两句："旧时王谢堂前燕，飞入寻常百姓家。"燕子确实有归旧巢的习性，但晋代的燕子是不可能飞到唐朝的旧宅里来的。可见这"旧时燕"，既真实，也不真实。

这样写，正是诗人的高明之处。这时的"旧时燕""王谢堂""百姓家"已不再是字面上的意义，它们传递着一种特殊信息，成了历史和现实的代名词。燕是旧时燕，堂是昔日堂，但主人今非昔比，显赫豪门成了平常百姓，寓意着历史的变迁不可抗拒。就像《红楼梦·好了歌》中甄士隐所作注里所说的"陋室空堂，当年笏满床，衰草枯杨，曾为歌舞场"，这也许是一种历史的必然。

追怀历史，更激起对现实的思考，诗人生活的唐代中叶，不正在日趋衰微，江河日下吗？这是多么敏锐而深沉的感叹！真是"曲终意犹深"，让人玩味不止，思索不已。

◆　亦诗亦画　清新隽永

南园

〔唐〕李贺

小树开朝径，长茸湿夜烟。

柳花惊雪浦，麦雨涨溪田。

古刹疏钟度，遥岚破月悬。

沙头敲石火，烧竹照渔船。

　　这首诗描绘了南园一带的景色，山水、草树、声色，均写得形肖神似，这些景物看似独立，其实是紧密联系的。诗的起首两句："小树开朝径，长茸湿夜烟。"夜雾渐散，路边细茸茸的小草还沾满露水，一条蜿蜒的小路随着雾散天明，在树丛中逐渐清晰地显露出来。诗中依次点染的"朝径""长茸""夜烟"都是林间小道在清晨中特有的景象，可以得知诗人正沿着林间的小道清晨出游。

　　前两句是写晨景，但三、四两句"柳花惊雪浦，麦雨涨溪田"就不像是晨景了。诗写到这里在画面上有了一个跳跃，但线索没有间断，依旧按原有顺序展开：一片柳林，春风拂过，飞絮如雪，密密匝匝铺在河边浅滩上；春雨乍过，水满田垄，麦田中的绿色与雪白的柳絮形成鲜明的对比。从"惊"字可以看出，作者为柳絮像雪花那样铺满堤岸而惊喜万分。诗中跳过的是诗人从小路到空旷河滩边的过程，而把农村白昼多姿的景色呈现在读者眼前。

可以看出，出游散步是诗中的线索，时间推移是展开的顺序。"古刹疏钟度，遥岚破月悬。沙头敲石火，烧竹照渔船"，这后四句诗转而写夜景了。随着时间的流淌，画面出现了另一番景象：远山浮起一层雾气，古庙传来稀疏的晚钟，一弯残月升起来了；滩头上，渔家击石取火，烧起竹枝扎起的火把，准备张网捕鱼。

回顾全诗，诗人描绘的是南园一带从早到晚的景色，他有意省略了出游的过程，只用眼中景物把读者带到诗情画意之中去，这些像蒙太奇一样组接的镜头，让人像看了一部清新隽永、画面连接的风光影片。这就是移步换景写法的妙处。

◆　空灵奇逸　清邃幽远

夏意

〔宋〕苏舜钦

别院深深夏簟清，石榴开遍透帘明。

树阴满地日当午，梦觉流莺时一声。

　　《夏意》写诗人盛夏午憩的生活小景，别具风格。"别院深深夏簟清"表面上写庭院，其实在写休闲的人。时值盛夏的一个中午，在幽深宅庭的一个旁侧小院中，诗人在一张清凉的竹席上午睡。庭院掩映在绿树丛中，显得格外清凉静谧。"石榴开遍透帘明"，诗人透过帘拢，但见榴花开遍。

　　"树阴满地日当午，梦觉流莺时一声"，诗人在烈日当午之际却能酣然入梦，一觉醒来，从园林深处不时传来一两声流莺婉转的啼鸣。这样一幅夏日午憩图是多么的清丽静谧，诗人笔下的庭院、榴花、绿树、黄莺、午憩，都有一种朦胧的美感。以轻巧空灵的笔致，写出清凉幽静的环境，表达洒脱悠旷的情怀，正是这首诗表现手法上的特色。

　　此外，笔致含蓄，避免质直，也是这首诗的优点。写盛开似火的榴花，却施以帷帘而毫无刺目之感。写环抱掩映的绿树，却落墨于满地的树荫。写黄莺却着笔于它的啼鸣之声，既表现园林树荫的茂密深邃，又映衬出小院环境的清幽静谧。写午憩，也不直来直去，前三句写景，营造出清幽朦胧的气氛，实际是入睡前的情景。末尾一句写觉后的情景，并以"梦觉"挑明。这一切无不着眼于小院环境幽深宁静的特点，显露出诗人淡泊悠旷的情绪。

　　从这首诗，亦可看出宋诗在运思造境、炼句琢字上"贵奇""贵清"的特色。

◆ 开窗放入大江来

宿甘露僧舍

〔宋〕曾公亮

枕中云气千峰近，床底松声万壑哀。

要看银山拍天浪，开窗放入大江来。

　　曾公亮游历山水时，曾去过镇江甘露寺。甘露寺在江苏镇江北固山上，是在唐朝时建起来的，到北宋又重修。曾公亮在靠江一间屋里住宿下来，窗外滔滔江水奔流不息，他觉得胸中也似有波涛在汹涌，情动于中，不能自已，于是写下了这首千古绝句。

　　"枕中云气千峰近"，这是说诗人的头搁在枕头上，仿佛在梦里一样，感到自己升到了无数山峰之上，云气扑面而来。"床底松声万壑哀"，又仿佛掉进了万丈深谷，只听得床底松涛阵阵，令他惊恐不安。

　　下面的两句更妙了："要看银山拍天浪，开窗放入大江来。"只要推开窗，就能看到像银山一样的拍天大浪，波涛滚滚，仿佛是滚滚长江从四面八方涌了过来。不是身临其境，即使再有才华，也写不出这样惊天动地的诗句。这可以说是"文章本天成，妙手偶得之"了（陆游《文章》）。

　　这首诗的特点是直接写感受，把感受用形象的语言写出，没有什么深奥的文字，也没有什么特别的句式，"枕中""床底""开窗"，一切都是脱口而出，一切都是那么真切自然，使人读了以后永远记住，不会忘怀。

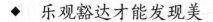

◆　乐观豁达才能发现美

新城道中二首（其一）

〔宋〕苏轼

东风知我欲山行，吹断檐间积雨声。

岭上晴云披絮帽，树头初日挂铜钲。

野桃含笑竹篱短，溪柳自摇沙水清。

西崦人家应最乐，煮葵烧笋饷春耕。

苏轼在杭州做官出巡时，沿途有感，诗兴大发写下了这首诗。诗中通过山野间明媚秀丽的春光，传达了自己舒适悠闲的感受。风、云、雨、太阳，这些自然现象都好像懂事的人儿一样，那么知情如意：连日的积雨停了，东风欢快地为诗人伴行；在山间的小道上抬头仰望，朵朵白云犹如轻柔的白丝巾缠绕山岭，初升的太阳似一面铜锣挂在树枝上。

诗人用拟人的手法描绘出天地间一派盎然的春意。岂止天上，大地万物也在热情相邀诗人前往赏春。艳丽的野桃满山遍野，绽开笑脸欢迎，农舍矮矮的竹篱等候客人的光临；溪边垂柳婀娜地摇曳着，河水宛如沙子滤过般清澄。这一幅山乡田园图景多么令人心醉。

自然的春光是这样美，但是作者的视角没有光停留在景物上，而是着意刻画人的活动，正是这简朴的几笔刻画，才使整首诗呼之欲出，充满了诗情画意。农人在西山坳高高兴兴地忙碌，春播春耕，妇女和小孩在竹林拔笋，到菜园子里割蔬菜，又是烧又是煮的，他们要赶着做一顿鲜美的饭食，为田间辛勤劳作的亲人送去。

其实，当时苏轼的处境并不顺利，但他笔下的生活却生机盎然，富有情趣。可见他对生活抱乐观、豁达的态度，这也是作者发现美好事物的根本原因。古人说"境由心生"，美丽的境界是人自己创造的。如果心情不好，那么再美的景色在他眼里都会黯然失色。

◆　**别出心裁抒离情**

卜算子·送鲍浩然之浙东

〔宋〕王观

水是眼波横，山是眉峰聚。

欲问行人去哪边？眉眼盈盈处。

才始送春归，又送君归去。

若到江南赶上春，千万和春住。

古人形容女子美貌，常用"眉如春山""眼如秋水"等词语。把眉比作"春山"，道出了女子眉毛的好看且富有生气；把眼睛比作"秋水"，更显出眼睛的清澈和深邃。然而这首词却反过来把山水比作眉眼，不可谓不独特了。

从词题来看，这是一首送朋友的词。"水是眼波横，山是眉峰聚"，把水说成是女子的眼波，把连绵重叠的山说成女子紧蹙着的高高的眉峰了。这一路上看出去的山和水真的很秀美，诗人送朋友归家，这一路走，一路送，一路美景看遍，诗人送别的视线也一直紧相随，山水无尽，情谊无限。

而行人要去的地方，又是"眉眼盈盈处"。这句有两层意思，它先从神态上写朋友分离的依依不舍，满含情意；另外也指友人的家乡浙东，是个山清水秀的地方，像那女子盈盈的眉眼。

"才始送春归，又送君归去"，点明了春已归去，无法挽留，想不到鲍浩然这个朋友也要归去。作者用了两个"送"字和两个"归"字，把自己的"惜春"和"惜君"的情感咏叹了出来，读来不免有一丝淡淡的哀愁。

词的结尾是很明快的："若到江南赶上春，千万和春住"。如果你到浙东，还能赶上江南明媚的春光，那么你千万不要辜负这大好的春光。这是对朋友鲍浩然的殷殷关照和祝愿。

这首词奇就奇在巧用比喻，善用双关。这种反传统的大胆比喻，新而不俗。明明可以直说鲍浩然去的是山明水秀的浙东，但作者偏偏用"眉眼盈盈处"，除了表明他俩的依依惜别，又写了鲍浩然故乡的美，那里的一山一水，都像女子盈盈的眉眼，更写出了王观对朋友要回如此美丽的故乡的艳羡。

其实，"若到江南赶上春，千万和春住"也是一句双关。王观叫朋友千万别辜负了大好春光，这是一层意思；另外，这"春"也指与家人的团聚，是家庭生活的"春"，意思是叫他更要珍惜与家人的短暂团聚，这就平添了一股浓浓的人情味，也就更有感染力了。

◆　正义的事业终究要胜利

菩萨蛮·书江西造口壁

〔宋〕辛弃疾

郁孤台下清江水，中间多少行人泪。

西北望长安，可怜无数山。

青山遮不住，毕竟东流去。

江晚正愁予，山深闻鹧鸪。

这是一首很有名的词，是辛弃疾在江西做地方官时所作。主要反映作者渴望恢复中原的爱国思想，并表达自己不被起用的苦闷心情。"造口壁"位于赣江西岸，当年金兵大举南侵，一路追宋高宗至福建，一路从湖北进军江西追隆祐太后。根据宋人罗大经《鹤林玉露》记载，当时金人追逐隆祐太后乘坐的船到达江西造口，没有追上才回去了。那时正值南宋政权生死存亡之季，因而辛弃疾身临造口之时，怀想隆祐太后被追至此，才有感世事作了此词。

"郁孤台"在今江西赣州市西北部，唐宋时为形胜之地，赣江经此向北流去；"清江"是指赣江与袁江合流处，这里指赣江。头两句是说：郁孤台下流过的清江中，掺和了多少流离失所的人民的眼泪。"长安"原为汉唐时京城，这里指汴京；"郁孤台"又名望阙，"阙"的意思为宫阙，亦指京城，如岳飞《满江红》词"待从头收拾旧山河，朝天阙"。这两句是说，由于为群山遮蔽，望不到京城，意思指中原被金人占领，尚未恢复。

再看下阕，"青山"两句初看还是比较容易理解的：江水毕竟要冲破重重叠叠的山峦的阻塞，最终流入东海。但前人也有认为这两句有所寄托，清代词人周济认为是"借水怨山"，在周济看来，山比作当时阻碍抗金事业的投降派。这两句可以说表达了作者心中的一些向往：正义的事业终究要胜利的。但是现实毕竟是令人伤心的，所以最后两句说："江晚正愁予，山深闻鹧鸪。"传说鹧鸪鸟鸣声凄切，听起来好像是说"行不得也哥哥"。"愁予"出自《楚辞·九歌·湘夫人》"目眇眇兮愁予"。这两句是说：江晚山深，我正感到无限惆怅，忽然又听到声声"行不得"，更激起了胸中悲愤之感。宋人罗大经认为"行不得"是指恢复之事行不得。这样看来，最后几句确实对当时朝廷有所不满，表达了诗人郁勃不平之气。

◆　夺胎换骨谱新声

题阳关图

〔宋〕黄庭坚

断肠声里无形影，画出无声亦断肠。

想得阳关更西路，北风低草见牛羊。

　　中国古代诗歌创作中有一种艺术手法，叫"夺胎换骨"法。这是古代文人借用前人诗文中的意思，并赋予诗句新的含义。比如，毛泽东的诗《人民解放军占领南京》中的"天若有情天亦老，人间正道是沧桑"两句，其中"天若有情天亦老"就是从李贺《金铜仙人辞汉歌》那里"夺"来的。李贺的原诗"衰兰送客咸阳道，天若有情天亦老"，突出的是深沉郁愤的情绪，毛泽东则是表达兴奋自豪的心态。黄庭坚的这首《题阳关图》就是用"夺胎换骨"法写成的好诗。

　　"阳关"在今天甘肃省敦煌市西南，是通往西域的必经之路，过去朝廷官员或被贬，或充军，往往罚到甘肃、新疆一带，便要经过这个阳关。黄庭坚是宋朝有名的大诗人、大书法家，他与苏东坡、李公麟都是好朋友。有一天李公麟根据王维的《送元二使安西》，画了一幅《阳关送别图》，请黄庭坚在画上题诗。王维的诗已写在前，李公麟的画又是那么好，要题诗是很难的。

于是黄庭坚另辟蹊径，从两首世人皆知的诗中"夺"出了另外的意境。一首是王维的《送元二使安西》："渭城朝雨浥轻尘，客舍青青柳色新。劝君更尽一杯酒，西出阳关无故人。"还有一首是《敕勒歌》："敕勒川，阴山下，天似穹庐，笼盖四野。天苍苍，野茫茫，风吹草低见牛羊。"

第一句"断肠声里无形影"，"断肠"就是非常伤心，伤心得肠子都哭断了，这"断肠声"就是暗指王维的《送元二使安西》，也是指古代唱的《阳关三叠》。这送别的歌声，是没有"形"和"影"，没有图像的。"画出无声亦断肠"，"歌曲"没有图像，现在李公麟画出了送别图，虽然没有声音却也让人"断肠"，足见这幅画的艺术魅力不在歌曲之下。

到了这里，王维原作中"西出阳关无故人"的主题，还没有得到反映，而且题画诗也不能就画说画，总要能在诗里写出画之外的事情和感情来。于是作者写道："想得阳关更西路，北风低草见牛羊。"王维只说"西出阳关无故人"，而黄庭坚想得更远，不要说阳关以西路上没有老朋友，简直是人迹罕见，一片荒凉，只有那凛冽的北风，那无边的草原，成群的牛羊罢了。这两句一下子把两首诗糅合浓缩在一起，把它表达的丰富内涵，借读者熟悉的诗呈现出来，可以说是"夺胎换骨谱新声"了。

◆　弥漫悲剧气氛的图景

天净沙·秋思

〔元〕马致远

枯藤老树昏鸦，

小桥流水人家，

古道西风瘦马。

夕阳西下，断肠人在天涯。

　　这是一首十分有名的小令。作者写了很多景物，有"藤、树、鸦"，有"桥、水、人家"，有"道、风、马"，还有"夕阳、人、天涯"。这些景物看上去好像都是孤零零的，互不相干。但是藤是枯藤，树是老树，鸦是昏鸦，这三个意象就构成了一种衰败的景象。枯萎的藤蔓，光秃秃的老树，几只没精打采的乌鸦，给人以凄凉的感觉，可以用一个"凄"字来贯穿。单薄的小桥，潺潺的流水，在这样的环境中，再加上一个"断肠人"，就给人一种孤寂的感觉，仿佛是一幅离世索居的图画，这可以用一个"寂"字来点明。第三句"古道西风瘦马"，又看到了一个浪迹天涯的漂泊者形象。在瑟瑟的西风中，一匹疲惫不堪的老马在荒原古道上蹒跚而行。主人公眼看夕阳西下，不知何处是归程，这时他的内心是何等伤感，他终于发出了"断肠人在天涯"的悲叹。他在"怀念"自己远在天涯海角的亲人，在悲叹自己凄凉的命运，就像远接天涯的"古道"那样无边无际。

就这样，这二十八个字，十二个景物，构成了一种"凄惶、孤寂、漂泊、伤悼、怀念"的悲剧氛围。这悲剧氛围不断弥漫，让读者也不由得为之黯然神伤了。作者马致远一生坎坷，怀才不遇，郁郁不得志，他笔下的景物，总是带着浓厚的悲剧色彩。推古及今，多少人在宦海中沉浮，在人生旅途中挣扎，怎能不引起强烈的共鸣？

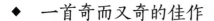

◆　一首奇而又奇的佳作

题龙阳县青草湖

〔元〕唐珙

西风吹老洞庭波，一夜湘君白发多。

醉后不知天在水，满船清梦压星河。

唐珙生活于元末明初，字温如，是会稽山阴（今浙江绍兴）人，关于他的记载很少，流传于世的诗作也极少。

"龙阳县"就是现在的湖南省汉寿县，青草湖在洞庭湖的南边，两湖相通，自来并称，所以这首诗的题目中标明是"青草湖"，而诗中所咏叹的是"洞庭湖"。这首诗好就好在它有"三奇"。

古人在描写和咏叹秋天时经常从景物的变化处着笔，譬如说，秋天到了，树叶凋零了，大雁南飞了等。景物是随着季节的变化而变化的，写了花木鸟虫等景物的变化，也就可以从中透露出季节的气息和氛围。可是此诗却不写大雁、秋虫、菊花，而是从与季节变换联系较少的湖水着笔，说是秋天的西风把洞庭湖水吹"老"了。湖水不就是原来的湖水吗？哪里有"老"和"不老"的区分呢？这一句，只觉得很突兀，很有力，仿佛这阵阵秋风真是厉害，连湖水波浪都给吹"老"了，这就是此诗的一奇。

湘君是湘水的女神，既然是女神，自然长生不老，永远年轻，可是诗人却说，面对如此凄清猛烈的秋风，连湘君也不能无动于衷，而是愁绪满怀，一夜之间增加了许多白发。这是此诗的第二奇。

更奇的是此诗的后两句，"醉后不知天在水，满船清梦压星河"。诗人坐在船中，从白天到晚上，不停地喝酒赏景。湖面是那样的广阔，天上的云彩倒映在湖水中是那样的清晰，诗人带着几分醉意，觉得自己所坐的船仿佛不在水中，而是已经在天上了。这奇还奇在一个"梦"字上。"梦"是无形的，没有体积的，诗人却说他的"梦"装满了船舱；"梦"是无所谓轻重的，诗人却说他的"梦"压在星河上，其梦之沉重可知。有了这第四句，原本虚无缥缈的梦境就变得可见可触，和浩瀚无边的天空湖面融为一体了。

从这奇而又奇的描写中，我们仿佛看到了一个放怀畅饮、饱览景色、酣然入梦、浮想联翩的诗人形象。

哲理诗

姑苏城外寒山寺，
夜半钟声到客船。

◆　明白直露的讽刺

相鼠

《诗经·鄘风》

相鼠有皮，人而无仪。

人而无仪，不死何为？

相鼠有齿，人而无止。

人而无止，不死何俟？

相鼠有体，人而无礼。

人而无礼，胡不遄死？

　　关于"相鼠"的意思，以前有人解释说：相州有一种鼠能拱立，也就是站直身子，称之为"礼鼠"，因此此诗以相州的老鼠能作礼讽刺人不懂礼仪。但是清代王先谦认为"相"字解释为相州是穿凿附会，当代一些学者都倾向于将"相"解释为"视""看"。"相鼠"实际上是"看那老鼠"的意思。

　　"仪"是礼仪，"止"就是人的容貌举止。余冠英先生《诗经选》里的解释是："'止'，读为耻。"人不知修饰容止，自然也就不知道耻；"俟"音sì，是等待的意思；"遄"音chuán，是快、迅速的意思。

　　这样我们可以把这首诗串成白话了：瞧那耗子还有皮，人却没有礼仪。人没有礼仪，为什么不死呢？瞧那耗子还有牙齿，人却没有廉耻，人没有廉耻，不死要等待何时？瞧那耗子还有肢体，人却没有礼，人没有礼，为什么不赶快死？

　　关于这首诗的主题从古到今有不同的解释。陈子展先生的说法是："盖刺统治阶级荒淫无耻者之诗。"还说这首诗是讽刺那些"虽居尊位，犹为音昧之行"的人。余冠英先生的解释也差不多，他认为春秋时代卫国宫廷荒淫无耻的事很多，所以诗中嘲骂的可能不只是个别的对象。

　　这首诗意思明白直露，骂得痛快淋漓。但也有人认为似乎骂得太凶了，有些不够雅，譬如明代大诗人王世贞就说过这首诗有些句子"太粗"。其实《诗经》中有价值的作品主要在《国风》之中，而《国风》大多为俗歌民谣，反映社会现实，口语作品较多，"粗"一点是难免的。

◆　千古绝唱　人世沧桑

登幽州台歌

〔唐〕陈子昂

前不见古人，后不见来者。
念天地之悠悠，独怆然而涕下。

　　从字面上看，这首诗很简单：在我之前的古人已离去了，在我后面的后来人还未到来。那天地无边无涯，我是那么渺小的一点，想到这里不禁热泪滚滚。这完全是脱口而出，直抒胸臆，不加任何修饰。可这短短二十二个字，却成为人们历来传诵的名篇，为什么会有这么强的感染力呢？

　　首先，我们来看一看作者是在什么情况下登上幽州台的。幽州台在现在的北京郊区。武则天万岁通天元年（696年），陈子昂随军出征任参谋，主将武攸宜不听陈子昂的进言，屡屡败北，他不归咎于自己，反而把陈子昂降职。诗人接连受到挫折，眼看报国宏愿成了泡影，当时，他是怀着深沉的人生忧愤登上幽州台的。幽州在古代属于燕国，燕赵多侠士，作为历史遗迹的幽州台，它凝结了许多悲壮的历史故事，又熔铸了无数文人墨客的思古幽情，再加上诗人是独自登临，更容易使自己的心灵沉浸到悲怆的境地。

　　身边是高台悲风，眼前是四野茫茫，诗人极目四望，神思徜徉，油然而生的是孤寂悲凉的怅惘。此时此刻，宇宙的空阔激起了他的身世之感，往事的记忆一幕幕重现心头。仕途的失意，历史兴亡的反思，壮志未酬的痛苦，世道艰难的体验，仿佛波涛奔涌。人在感情剧烈波动的时刻，千言万语，不知从何说起。万种情思，犹如火山口的熔岩喷发而出，化为几声宇宙时空的浩叹："前不见古人，后不见来者。念天地之悠悠，独怆然而涕下。"

　　这分明是从心灵深处爆发出来的痛苦呐喊，他说出了宇宙的永恒，人生的无常。人出现在世界上其实是个奇迹，在时间坐标和空间坐标上，每个人都是独一无二的。从时间而言，在我之前有很多古人，但我已看不见了；在我后面也有很多未来人，我也将看不到了。从时间上讲人生是多么短暂。从空间而言，幽州台是一个点，幽州台外有整个中国，在中国之外有整个世界，在世界之外，有无边无垠的宇宙，把个人放到这广袤无垠的宇宙背景下，个人是多么渺小，多么孤单！诗人在暗示时空的无限，用以反衬人生的短暂和个体的渺小，形成无限大和无限小的强烈冲突。这就在读者心理上产生恐惧感和自怜感，从而产生人在宇宙时空下的不自由感。

人存在于时间和空间中，这种存在是极短暂、极渺小的，又是极不自由的，人不得不受自然规律的无情支配。一个浑浑噩噩的人是感觉不到的，而自我意识强烈的人，他的精神却时时承受着这种不自由感的压迫，人总企图超越时空，但到头来都将变成一场幻梦！人生在世就是这样一个不由自主的匆匆过客，当一个人年事稍高，看够了人世的浮沉，生活受到挫折时，最容易产生这种时空的感慨。这种痛苦归根到底是人人心底所有的，不过不是人人能说得出的。现在，陈子昂用短短二十二个字说了出来，而且说得那么强烈，那么震撼人心，这也是它成为千古名篇的魅力之所在。

◆ 空灵 淡泊 宁静

鸟鸣涧

〔唐〕王维

人闲桂花落，夜静春山空。

月出惊山鸟，时鸣春涧中。

　　这首诗突出了一个"静"字。诗人在山中独坐，感到非常悠闲自在，夜静静地能听到桂花悄然自落，整座山仿佛静得什么也没有。这时月亮升起来了，明净清澈。这神奇的光辉，惊醒了夜栖的山鸟，山鸟飞了起来，飞入更幽深的山涧之中，偶尔还传来几声清脆的鸣叫。而这深夜的大山，此时显得更加幽静了。

　　人默然闲坐，是静；花悄然自落，是静；山空无一切，是静；月空明朗照，是静；鸟安然而眠，是静；就连被月光惊醒、飞入深涧中的鸟的鸣叫，也反衬出山的静。然而这首诗，还不仅仅是写静，它要表达的是一种心境。王维是一个笃信佛教的诗人，他正是要通过写静，写出自己在静观默念中的禅的心境。

　　简单地说，"禅"就是觉悟，"禅的心境"就是觉悟到世界本空，因而要有自然适意、清静超脱的精神境界。关于禅的心境，不是几句话能说明白的，有一个故事，可以从中领悟到一些。

　　有一次，禅宗五祖弘忍想考考他的弟子，从中选拔接班人，让弟子们各作一偈。神秀反复思考写了一个偈语："身是菩提树，心如明镜台。时时勤拂拭，勿使惹尘埃。"有一个挑水不识字的和尚叫惠能，听了后随着也念了一偈："菩提本无树，明镜亦非台。本来无一物，何处惹尘埃?"结果，弘忍把衣钵传给了惠能，惠能成了禅宗六祖。王维这首诗正是写诗人在无言静寂的心灵观照中，参悟到了世界的虚无，体会到人生的真谛。

◆　小曲一支奏强音

赵将军歌

〔唐〕岑参

九月天山风似刀，城南猎马缩寒毛。

将军纵博场场胜，赌得单于貂鼠袍。

　　岑参是唐代著名的边塞诗人。长于七言歌行，比如《白雪歌送武判官归京》："轮台东门送君去，去时雪满天山路。峰回路转不见君，雪上空留马行处……"气势浑然磅礴，意境鲜明独特。这首七绝小诗虽短，却与长篇古诗有异曲同工之妙。

　　"九月天山风似刀，城南猎马缩寒毛"，这两句交代了时间、地点、气候等。在"胡天八月即飞雪"的天山脚下，到了九月，当然更是风狂雪猛，刀戈冻断。以刀比喻风，生动地写出了寒风之凛冽，刺人肌骨。"马"不说"战马"而说"猎马"，正写出了边疆战士的豪迈，他们好像不是在歼敌，而是来打猎的。这里也表示了对强虏的轻蔑，把他们比作禽兽，是军队狩猎的对象。一个"缩"字写得十分高妙。天冷的时候，人要缩起来，马也要缩起来，可是作者不说人缩、马缩，而说"毛"缩，可见天之冷了。这两句描绘了险恶严酷、开阔宏大的背景图，为下面主人公赵将军的出场提供了舞台。

"将军纵博场场胜，赌得单于貂鼠袍。"作者的镜头一转，从天山脚下寒风呼啸、战马嘶鸣的野外，转到了热气腾腾的营帐里。赵将军他们在猜拳行令、豪饮博弈。赌的不是别的，而是单于的貂鼠袍。一个"纵"字写出了将士们豁达豪爽、乐观开朗的精神面貌。"将军纵博场场胜"一语双关，既写出赵将军能博善饮的壮士气概，又暗示了他在战场上稳操胜券的英姿。这两句也表现了将士们必胜的信念和渴望建功立业的雄心壮志。

这四句诗的前面两句写得阴冷严酷，后面两句却是热闹乐观。可以看出前两句是陪衬，是宾；后两句是主，是题旨所在。胡天、北风、猎马、人物，由远而近、由静而动、由冷而热，形成了强烈的对照，构成了一幅奇异的战地生活图。一般写边疆战士的诗，都写他们如何与敌人作战，如何马革裹尸，写得悲悲切切，而这首诗却写得斗志昂扬。这反映出盛唐积极进取的精神，也反映了作者渴望建功立业的雄心壮志。

这首诗选材的角度也很高明。诗人不写正面的战场，而是写战争的间隙，战士们休息时的战地生活，从战地生活反映出战士的精神面貌。勇往直前、义无反顾的气概，不畏艰险、以身殉国的精神，并不是天天挂在嘴上，而是反映在日常生活中的。就是这种艰苦而又愉快的战斗生活，表现出将士们美丽的内心世界，激励着人们奔向广阔的天地，迎接新的战斗。

◆ 舟轻如箭　心轻若飞

早发白帝城

〔唐〕李白

朝辞白帝彩云间，千里江陵一日还。

两岸猿声啼不住，轻舟已过万重山。

　　写这首诗时，李白因事获罪，被流放到贵州西部的夜郎。正当他走到四川奉节县，就是古代的白帝城时，遇到大赦，可以回家。对于李白来说，简直是死里逃生，他当时归心如箭，真想马上回到亲人的身边，所以整首诗是十分轻快的。

　　轻快的心情再加上乘舟而下时独特的地形，李白写下了这首有名的诗篇。郦道元的《水经注》中说："有时朝发白帝，暮到江陵，其间千二百里，虽乘奔御风，不以疾也。"早晚之间船能飞驰一千二百里，比风还要快。李白从这句里得到启发，所以说"朝辞白帝彩云间，千里江陵一日还"。

　　《水经注》中还引了这么两句民歌："巴东三峡巫峡长，猿鸣三声泪沾裳"，可见三峡中到处都有猿鸣之声。猿鸣声凄厉，那时远离故乡的游子，听了都会落眼泪。李白这时心情轻快得很，听到两岸的猿声，他非但不会落泪，而且发现"轻舟已过万重山"了。可见即使是相同的情境，心情不同，感受也不同。

◆　含蓄的讽劝　高度的赞美

赠花卿

〔唐〕杜甫

锦城丝管日纷纷，半入江风半入云。

此曲只应天上有，人间能得几回闻？

　　"锦城丝管日纷纷"，"锦城"就是四川成都；"丝管"又叫丝竹，指管弦乐器；"纷纷"形容多，"日纷纷"就是说每天在演奏。"纷纷"通常指那些看得见、摸得着的具体东西，这儿用来形容音乐，把听觉转化为了视觉。这是一个中性词，可以说多而乱，也可以说音乐声错杂而又和谐。作者妙就妙在用了这个既可这样理解、又可那样理解的词。

　　这首诗的题目叫《赠花卿》。"花卿"名叫花敬定，是成都的一个将领，因为平叛有功，便居功自傲，骄横跋扈，放纵士兵，掠夺百姓财物，还整天纸醉金迷，请人演奏皇宫里才能演奏的音乐。当时社会哪一级奏什么音乐是有规定的，他却请人演奏皇家音乐，所以说杜甫这"纷纷"两字，包含着批评讽喻劝谏的意思。按这个思路推理，"此曲只应天上有，人间能得几回闻"这两句更是明显的规劝了：这曲子只能是皇上听的，你怎么能这样整日地欣赏呢？

抛开这段背景，或者说即使在这个背景下，当人们包括花卿本人不从这方面去想时，就是在赞美这音乐了。"半入江风半入云"把悠扬动听的乐曲随风荡漾在锦江上，飘入蓝天白云间的情景写得多么形象生动，真可以说是"行云流水"之妙。接着两句就更绝了："此曲只应天上有，人间能得几回闻？"这天上的音乐，人间是难得听到的，现在不但听到了，而且有机会反复欣赏，自然是对这音乐的高度赞美了。

◆ 响彻人心的夜半钟声

枫桥夜泊

〔唐〕张继

月落乌啼霜满天，江枫渔火对愁眠。

姑苏城外寒山寺，夜半钟声到客船。

《枫桥夜泊》是一首千古传唱的诗歌。知道这首诗好的人很多，但诗具体好在哪里，很多人又都觉得难以言说了。先来看第一句，"月落乌啼霜满天"——这里有三个意象，月亮落山了，乌鸦在啼叫，满天是寒霜。这是写天亮前的景象和感觉。

"江枫渔火对愁眠"——这里又有两个意象，江边的枫树，江上的渔火。

这句诗很朦胧，可以解释为船上的旅客面对着霜夜的江枫、渔火怀愁而眠为好。

下一句"姑苏城外寒山寺"，只写了两个地点，中间加了一个方位词"外"。分开来看毫不出彩，但这两个地点却包含着万种风情。如果写成"上海滩外静安寺"，那这首诗就兴味索然了。这涉及一个文化地理学的问题，一方水土养一方人，同时形成一方文化。反过来一方文化又赋予一方水土和地名以特定的风味情调。这"姑苏城"与"寒山寺"，往往使人联想到山水幽静的江南名城和烟雨迷蒙中的山房寺院。这种特定的意象，就把人带到了一幅充满诗意的画中了。

"夜半钟声到客船"这一句是全诗最精彩的。今人流沙河曾说："张继的名诗《枫桥夜泊》老实说，全靠最后一句到客船的'夜半钟声'在那里悠悠地回荡着一缕余韵，从而使千百年的读者入迷。"作者为什么会听到夜半钟声？因为睡不着。为什么睡不着？因为"有旅愁""在思念"，所以这首诗归根到底是在写诗人的愁绪。

诗人创造了这样一个诗中有画，画中有声，朦胧多义的愁境，借助"枫桥夜泊"的典型境象，表现了他"夜泊枫桥"时特有的感受和情怀。人们之所以为这钟声所沉迷，因为这是"姑苏城外寒山寺"的"夜半钟声"，这钟声渗透着宗教的情思，回荡着历史的回声，制造了庄严古雅的气氛，使每个读者自觉不自觉地联想到人生。因为每个人都有所思，都有愁绪，都能从钟声中有所得。人生苦短，人生如过客，来去匆匆，谁没有愁绪呢。好的作品，就是这样震撼人的灵魂，最高的艺术境界也正是最高的哲理境界。

◆　自然天真的创作主张

酬朱庆馀

〔唐〕张籍

越女新妆出镜心，自知明艳更沉吟。

齐纨未是人间贵，一曲菱歌敌万金。

　　这是张籍写给一个叫朱庆馀的人的答诗。当时张籍任水部员外郎，朱庆馀来到长安参加科考之前，拿自己的诗文向张籍请教，诗写得很巧妙得体。原诗是：

洞房昨夜停红烛，待晓堂前拜舅姑。

妆罢低声问夫婿，画眉深浅入时无？

　　张籍看后，就作了这首答诗。这首诗也同样非常巧妙，用了比拟手法。朱庆馀是越州（今浙江绍兴）人，张籍把他比作一个绍兴的乡下姑娘，首句写姑娘的身份和容貌。"越女新妆出镜心"，"镜心"就是镜子，乡下姑娘梳洗后在铜镜中照出了新妆。

　　第二句"自知明艳更沉吟"写她的心情，她自己觉得明媚艳丽，光彩照人，但又沉吟起来了：我自己觉得不错，别人到底怎么看？这句话恰恰同朱庆馀"画眉深浅入时无"相对应。

第三句"齐纨未是人间贵","齐纨"是齐地（今山东省）出产的素白细绢，是丝织品中很珍贵的品种。虽然有许多姑娘穿上了齐地出产的贵重丝绸制成的衣服，但并不值得人们看重；相反，那个衣着朴素、唱着菱歌的姑娘，其美妙的歌喉才真正抵得上万金。这是赞美朱庆馀的诗写得新鲜活泼，自然天真，比一般人的好。

这首诗仅仅从表面上看，看不出与科举考试有何关系，如果联系朱庆馀一诗的背景，便能更好地理解它了。这也正是这两首诗千百年来传为诗坛佳话的原因，从诗要"形象思维"这一点看，完全符合要求，朱诗写少妇，张诗写少女。张籍的这首诗是对朱庆馀诗的一种肯定，尽管他的一些诗是村野间唱的"菱歌"，却清新自然。这样就打消了朱庆馀对自己诗歌是否得到赏识的疑虑。后来，朱庆馀果然考中进士，事实也证明张籍是有眼光的。

从这一首诗，还可以看出张籍对诗歌创作的一些意见和主张："鲜明活泼""明白如话""自然天真"。这一点上，同李白的"清水出芙蓉，天然去雕饰"是相同的。

◆　超越"悲秋"的传统

秋词

〔唐〕刘禹锡

自古逢秋悲寂寥，我言秋日胜春朝。

晴空一鹤排云上，便引诗情到碧霄。

　　我国古典诗词中描写"秋色"、抒发"秋思"的作品很多，常常给人一种凄凉寂寞的感觉。这就是人们常说的"悲秋"的传统和主题。植物开始由盛变衰，漫长的一年也快到尽头了。受到这种客观环境的影响，人们很容易产生一种寂寞悲凉的情怀。

　　尽管有"悲秋"的传统，但是写秋天的诗作中也不全是凄凉悲伤的。要知道，诗作中的景物不是纯客观的描写，它是客观景物和诗人主观情思互相渗透、互相影响的艺术结晶，所以不同处境和不同个性的诗人，就有可能捕捉不同的景物，表现和一般人不同的思想感情，这首《秋词》就是这样。

　　从诗的主旨来说，不妨称它为一首对"悲秋"的传统主题进行"翻案"的作品。诗人分两层进行"翻案"，诗的第一、二句是第一层，用的是议论手法，直抒己意。"自古逢秋悲寂寥，我言秋日胜春朝"，自古都说秋天寂寥，令人悲伤，我却说秋天比春天还好。这两句之中，前一句指前人，指"自古"以来的流行观念；后一句说自己，表明自己的独特情怀。光看前一句，语气似乎很平淡，再读第二句，就形成了鲜明的对比，也会在我们头脑中产生强烈的悬念：秋天明明是万物萧疏的季节，怎么比得上万紫千红的春天？诗人"秋日胜春朝"的结论是如何得出来的呢？

　　这个悬念会使人们赶快读下去，看看诗人说得有没有理。妙在诗人此时停止议论，改换角度，展现了一幅美好的画面——"晴空一鹤排云上，便引诗情到碧霄。"鹤的形态美，动作矫健，向来是我国诗人喜欢的动物，人们在它身上寄托了诸如清高、纯洁、远大等象征意味，何况此时刘禹锡笔下的鹤并未在地面上来回觅食，而是在秋高气爽的日子里凌空飞翔，直冲云霄，这是何等豪迈远大，令人心旷神怡，难怪诗人要说看着这只高高飞翔的鹤，自己的诗情也源源涌出，弥漫于碧霄宇宙之间了。诗人写鹤也就是在写自己，写鹤之飞翔也就是在抒发自己豪迈的诗情和远大的抱负。

可见诗人所以能够翻"悲秋"的案，超越自古以来"悲秋"的主题，关键在于诗人具有不同一般的胸襟和情操。

◆　似褒实贬　含蓄隽永

集灵台

〔唐〕张祜

虢国夫人承主恩，平明骑马入宫门。

却嫌脂粉污颜色，淡扫蛾眉朝至尊。

七绝这种体裁，因总共只有二十八个字，很不容易写好。作者只有选择最富有代表性的事件或最精彩的片断，用最精练的语言表达出来，才能取得篇幅短小、容量很大、发人深思、耐人寻味的效果。这首诗就是七绝中的代表作。

诗中所写的虢国夫人是杨贵妃的姐姐。由于杨贵妃受到玄宗宠爱，她的三个姐姐也都成了显赫一时的人物。大姐被封为韩国夫人，三姐被封为虢国夫人，八姐被封为秦国夫人。从第一句"承主恩"可以看出，虢国夫人不是妃子，却受到如此宠爱，此中暧昧尽在不言之中了。下一句"平明骑马入宫门"，就是虢国夫人受到宠爱的表现。天刚亮，应是皇帝亲理朝政的时候，可玄宗却抛却国事，与虢国夫人会面，可见她的地位非同寻常。何况，虢国夫人还可自由自在地骑马进入宫门，其气焰可谓"炙手可热势绝伦"了。

前两句是叙事，后两句陡然一转，好似一个特写，重点描绘了虢国夫人的容貌。照理说，朝见皇上，更应梳妆打扮以示敬重，可她反而嫌擦脂抹粉会弄污自己，只是淡淡地描一下眉毛就去朝见"至尊"了。表面上，好像是炫耀她的美貌，无须化妆，照样姿色照人。实际上，作者话中有刺，如果虢国夫人不是恃宠而骄，就不可能这样随意轻佻。

她朝见皇上的地点是在"集灵台"。"灵"是仙人，"集"是聚集，每年皇帝都要到集灵台去祭祀神仙，可这么神圣庄严的祭神场所，她却可以这样随心所欲，不施脂粉，这就是话中有刺了。唐太宗说过："治安则骄侈易生，骄侈则危亡立至。"这不正是唐王朝从治安转向危亡的一个凶兆吗？

然而诗人怎敢直言其事呢？只能说得含蓄一点，看似赞美，实为讽刺。这首诗的耐人寻味之处也就在此。

◆　含糊其辞　妙在其中

寻隐者不遇

〔唐〕贾岛

松下问童子，言师采药去。

只在此山中，云深不知处。

这首《寻隐者不遇》，信笔所至，句句如白话，字字平淡无奇，似乎没有什么字值得挑出来推敲、玩味一番的。但仔细分析起来，却又让人感到诗句表达的意象有点"含糊其辞"。用明白如话的诗句，表达含糊其辞的意象，正是诗人在这首诗中苦心孤诣的追求。

全诗二十个字，写了三个人物：寻者、童子、隐者。从诗题可以看出，诗中主角应是隐者，因为他是"寻"的对象。可前两句诗写诗人与童子的一问一答，后两句寓问于答中，四句诗对主角没有一丝明确的交代，身份、气质、品格，这些都深深隐在画面的背后。

诗中的松、云、山、童子、药，都与主角有密切的关系。他身居云山，远离尘世，与青松做伴，以采药为生，济世活人。其超凡的隐者身份，高古脱俗的气质，闲适高雅的品格，在模模糊糊的画境深处飘然显现。写人不见人，却又在字里行间飘忽闪现，这是本诗的"含糊其辞"之处。

除此之外，诗中作者的自我感情也是"含糊其辞"的。这不是说诗人没有感情，而是如何表达感情的问题。按常人的心理，"寻"与"不遇"，多多少少都会激起心灵上的波澜：或渴望，或失望，或激动，或怅惘。但这首诗淡淡而入，淡淡而出，仿佛一切与自己无关。诗人的情绪隐藏在诗句中，并不是没有，而是不外露。"松下问童子"，一个"问"字，就透露出诗人是满怀希望而来；"言师采药去"，答非所想，一下坠为失望；"只在此山中"，在失望中又萌生一线希望。一问一答，一起一伏，写得含糊，却有余韵。

诗至最后，诗人设置了一个迷蒙的境界："云深不知处。"云海漫漫，朦朦胧胧，深远缥缈。让那一丝寻而不遇的惘然若失之感，任读者在茫茫云海中去眺望，去探求，去咀嚼，去猜测……从游移不定的图画中得出自己的感受。这岂不是含糊之极，又清楚之至？

辞简意长，含糊才有余味。贾岛的这首《寻隐者不遇》能成为千古传诵的绝唱，这也是一条重要的原因。

◆　亡国之责谁来负

泊秦淮

〔唐〕杜牧

烟笼寒水月笼沙，夜泊秦淮近酒家。

商女不知亡国恨，隔江犹唱后庭花。

这是一首讽谏时政的诗作。"烟笼寒水月笼沙"，第一句写景就不同凡响，两个"笼"字，把烟、水、月、沙和谐地融在一起，组成了一幅优美的图画：烟水迷茫，雾气蒙蒙，月照白沙，清丽之中微露哀伤，为表达主题渲染了凄凉暗淡的气氛。

第二句"夜泊秦淮近酒家"是记事，"秦淮"一般理解为秦淮河，经南京城流入长江。六朝古都金陵的秦淮河两岸历来是达官贵人们享乐游宴的场所，"秦淮"也成为奢靡生活的代称。有人说，杜牧夜泊的"秦淮"，是指唐代商贾云集的长江码头。这种说法，反而破坏了这首诗特有的审美环境，冲淡了上述凄凉暗淡的气氛。

"商女不知亡国恨"，这里的"商女"指的是为他人卖唱的歌女，她们唱些什么，都是由听者的趣味而定，所以作者有"不知"两字。商女唱的歌不是自己要唱的，真正"不知亡国恨"的是在座的欣赏者，是那些官僚、豪绅。这里诗人借为商女开脱，在追究国家败落的责任，指出这些贪婪、腐化、堕落的官僚豪绅们才是真正的亡国罪人。

第四句"隔江犹唱后庭花"，写杜牧在船上听到隔江传来的《后庭花》歌声，真是感慨万千。《玉树后庭花》是南朝陈后主时的宫廷乐曲，这靡靡之音，最后使陈朝灭亡了，现在有人又以此亡国之音寻欢作乐，其后果将不言自明。这首诗正是对那些不励精图治，一味荒淫堕落、追求声色犬马享受之人的辛辣讽刺。

◆ 成如容易却艰辛

官仓鼠

〔唐〕曹邺

官仓老鼠大如斗，见人开仓亦不走。

健儿无粮百姓饥，谁遣朝朝入君口？

揭露社会黑暗，同情人民疾苦，是晚唐社会诗的一个主要内容，如皮日休的《橡媪叹》、杜荀鹤的《山中寡妇》、聂夷中的《伤田家》，这些都是直接悲叹劳动人民的困苦的，而曹邺的《官仓鼠》却别出心裁，从官仓的老鼠写起。

"官仓老鼠大如斗，见人开仓亦不走"，这两句看起来平淡又有点夸张的诗句，形象地勾画出了官仓鼠与众不同的形态，使得这诗一开头就引人注目。"斗"是官仓里常用的量器，用来比喻官仓鼠又肥又大，再贴切不过了。"见人开仓亦不走"，这一形象的细节描绘，表现了大老鼠的旁若无人与肆无忌惮，贴切自然，如大白话一样。

前面第一、二句都写鼠，第三句"健儿无粮百姓饥"却突然甩开去改为写"人"。官仓鼠饱食终日，而百姓长年辛劳却食不果腹，境遇如此可怜。面对老鼠又肥又大、百姓啼饥号寒这样触目惊心的矛盾，第四句更是用了责问的口气：是谁把仓里的粮食日复一日地送到老鼠的嘴里去的？谁是这一切的罪魁祸首？

　　表面上看，诗人似乎是对粮仓管理不满，但是不必细加思索就可以发现，它的真意远不在此。诗人是在用专门危害人类却又被养得又肥又大的官仓鼠，比喻那些只知吸食人民血汗的贪官污吏。这两条腿的"官仓鼠"吞掉的不仅仅是官仓里的粮食，更包括从人民那里搜刮来的民膏民脂。这短短四句诗里，既有对贪官污吏的指斥，又有对横征暴敛的抨击，当然更有对劳动人民苦难生活的深切同情。

　　尤其可贵的是诗人没有让自己停留在对客观现象的描述上，而是借篇末一个提问的句式，有意识地引导读者自己对造成这种不合理现象的根源进行探索，其锋芒直接指向豢养贪官污吏的最高封建统治者。

　　将令人憎恶的老鼠比作统治阶级，早在《诗经》里就有，可是曹邺用这样通俗、直接、有力的语气写出来，却是前人所没有的。宋朝大诗人王安石在《题张司业诗》中曾说："看似容易最奇崛，成如容易却艰辛"，用来评价这首诗是恰如其分的。

◆　推崇"说项"的风气

赠项斯

〔唐〕杨敬之

几度见诗诗总好，及观标格过于诗。

平生不解藏人善，到处逢人说项斯。

"说项"就是替人说好话、讲情，这个词出自杨敬之的《赠项斯》。杨敬之是中唐时和白居易差不多同时的名人，元和年间进士，唐文宗时曾做到国子祭酒，是个很有地位的人。项斯则是一个无名后辈，到后来才中进士。唐朝有年轻未考中科举的文人向做官的前辈呈送自己诗文的风气，叫作"行卷""温卷""求知己"，从诗里可以看出项斯也把自己的诗文送给杨敬之看了，杨敬之看罢就写了这首诗。

"几度见诗诗总好"，说明他早已认识项斯，项斯也不止一次投诗给他，他赏识项斯是从诗开始的，这句明白如话。"及观标格过于诗"，这是见了本人以后，发现其外貌气度才学都很好，"标格"就是指人的外美与内修，这些都超过了项斯本人的诗，所以杨敬之很欣赏他。根据唐朝法律，唐代选拔官吏除考试外还要讲"身、言、书、判"，也就是"体貌丰伟，言辞辩正，楷法遒美，文理优长"，简单地说要外貌英俊，能言善辩，写一手好字，熟悉法律又善于判断。所以那些推荐人对上门的"门生"的相貌很重视。可见这个项斯一定相貌不错。

后面两句是杨敬之说自己："平生不解藏人善，到处逢人说项斯。"有很多人，见人善则缄口不言，见人有恶则到处张扬，所谓文人相轻，就是这样。杨敬之则说："我一辈子不懂得把别人的优点藏起来，以后遇到什么人我都要推荐你项斯。"这是杨敬之胸襟开阔的表现。他这样做是很不容易的：一方面要有气度，一方面又不怕别人攻击。推荐别人是要负责的，这一点古今中外都是一样，否则别人会说你们互相标榜吹捧，遇到被推荐人不争气时还会连累自己。好在项斯果然来年考中进士，才算不辜负杨敬之的一番美意。

　　《全唐诗》只收了杨敬之两首诗，收了项斯一首诗。但因为有了一首
《赠项斯》，两个人的名字流传了千年，"说项"也就一直成为人们常用的
典故。

◆　大唐第一奇诗

上归州刺史代通状二首

〔唐〕怀濬

家住闽山西复西，其中岁岁有莺啼。
如今不在莺啼处，莺在旧时啼处啼。

家住闽山东复东，其中岁岁有花红。
而今不在花红处，花在旧时红处红。

　　相传怀濬和尚能预卜吉凶，十分灵验，归州刺史说他妖言惑众，把他
抓起来，问他是哪里人，他就写了这两首诗回答。"通状"就是被囚的人向
上交代情况的文书，所以诗题说"代通状"。

　　第一首说"家住闽山西复西"，住在闽山的西边再西边。第二首又说"家住闽山东复东"，这样看来意思是矛盾的。一忽儿东一忽儿西，弄得那归州刺史也丈二和尚摸不到头脑，觉得他疯疯癫癫的，问不出什么名堂，就把他放了。

　　其实怀濬的这两首诗，如果用禅理来解释，那就是能说通的了。有一个禅理故事，说一个小和尚请教老法师："迷路的人还没有回到家时，他在哪里？"老法师说："他不在归途中。"小和尚又问："如果他回到家了呢？"老法师回答："那他正在迷路呢！"老法师的意思是：他自己以为到家了，其实并没有到家，所以说他迷了路。在老法师看来，心外无物，家就是自己，就是你的内心，所谓佛就在自己心中。而你回到的家，不过是外在的环境，不是真正的家，所以说他迷路了。

　　再回过来看这两首诗就不难理解了。"西复西""东复东"其实并不矛盾，这是说：我这个云游四方的和尚没有家，我从来的地方来，来的地方可以说是我的家；我到去的地方去，去的地方也是我的家。佛在我心中，家在我的身上。他是在告诉刺史：你认为我家在东就在东，你认为我家在西就在西，不过你这样的认识只是因为你未大彻大悟罢了，在你们看来我压根儿就没家。

　　了解了这一层意思，其余几句就很好理解了。

◆　白骨寒衣撼人心

吊边人

〔唐〕沈彬

杀声沉后野风悲，汉月高时望不归。

白骨已枯沙上草，家人犹自寄寒衣。

　　这首诗从一次战斗结束后的古战场写起。"杀声沉后"就让人想到曾发生过一场白刃战，一次短兵相接。当时一定是血流如注，杀声震天，可现在一切都沉寂了。"野风悲"，只听得野外的风呼呼地吹着，似乎在哀悼这横七竖八躺着的尸体，可是营地里的战友们还不知道，他们还在等着英雄凯旋。

　　"汉月高时望不归"，月亮已经升高了，战友们还没回来。惨白的月亮当然也照着士兵们那惨白的脸，刚才还生龙活虎的小伙子们，现在再也起不来了。

　　"白骨已枯沙上草，家人犹自寄寒衣。"当战士的尸体已经变成了一堆白骨时，家里人还在一针针一线线地为他们赶制冬衣托人送来呢！原本是担心他会受冻，可是他已感受不到冷了。也许是白发苍苍的老母亲，也许是怀抱婴儿的年轻妻子，他们不知家人已战死沙场，仍在灯下缝制寒衣。

　　这种强烈的反差造成了震撼的效果，深深地打动着读者。一面是"白骨已枯",说明死了很久,但一面家人还在做寒衣。这是时间反差。一面是躺在惨白的月光照映下的野地里的尸体,一面是战友在营房里的企盼。这是地点的反差。一面是再也不知冷暖,再也不会思念了,一面却还怕他受冷受冻,思念着他,盼着团圆的一天。这是情感上的反差。

这些时间、地点、情感的反差,使短短的二十八个字的小诗,抵得上一部长篇小说。这类边塞诗在唐诗中还不少,比如陈陶的《陇西行》后两句:"可怜无定河边骨,犹是深闺梦里人。"

◆ 景小哲理深

小池

〔宋〕杨万里

泉眼无声惜细流,树阴照水爱晴柔。

小荷才露尖尖角,早有蜻蜓立上头。

这首诗取景很有特色,就像高明的摄影师那样,把小池里生气勃勃的景象描绘得绝了。它着眼于一个"小"字,抓住泉眼小小的出口,"泉眼无声惜细流",泉水无声地细细地流着,好像泉眼也吝惜这泉水,不愿多流一点一滴。这是拟人化的写法,写出小池水的源头。

"树阴照水爱晴柔","阴"在这里即"荫",树荫仿佛解人意,映照在水面上,一动也不动。一切是那么安静、温柔,写出了小池周围的环境。"小荷才露尖尖角",荷叶还没展开,刚长出一点嫩嫩的荷叶尖。

小池的景色已够美了,可静中有动,有一只体态轻盈的小蜻蜓飞了过来,一动不动地立在小荷尖上。作者通过写小池,写出了生机盎然的春天,写出了处于萌生状态的小荷。春天水小,所以说"细流",所以说"小荷才露尖尖角"。

现在我们常用"小荷才露尖尖角"来比喻新生事物的生命,用"早有蜻蜓立上头"比喻对新生事物的敏感和承认,可见作者的写景包含着生活的哲理。这样的小池我们其实也经常遇到,就是不能把它表达出来。这需要艺术家敏锐的感悟力和精湛的表现力。

另外,这首诗的用字也特别精巧,"惜细流"的"惜","才露尖尖角"的"露","早有蜻蜓立上头"的"立",可以看出景与物都是有感情的,而且这些细小的事物都相亲相依,活泼自然,充满了诗情画意。

◆ 宏观的山水诗

题西林壁

〔宋〕苏轼

横看成岭侧成峰,远近高低各不同。

不识庐山真面目，只缘身在此山中。

　　元丰七年（1084年），苏轼由黄州调任汝州做官，途中经过庐山。他登上庐山，眼前出现的景色，使他大为震动，文思如涌，诗兴大发。一般诗人看到奇景，一定是这也写，那也写，确实会写很多好诗；但他却觉得，如果就这样一个一个景点地写，无法表达他内心非同寻常的感受。他克制着自己如潮水般上涌的文思，进入了理性的思考，终于在西林寺找到了一个喷发口，挥笔在墙上写了这四句。

　　"横看成岭侧成峰"，不是写一座峰，而是从不同的角度写了群峰，横看是很多很多山岭，侧面看却成了一座山峰。"远近高低各不同"，从远处看，从近处看，从高处看，从低处看。庐山这么大，这么雄伟，这么壮观，一处一处地写，一个景点一个景点地描，在苏东坡看来，太小家子气了。所以他要寻找最能表现庐山的景色。他横看、侧看、远看、近看、高看、低看，随着立足点不同，观察点的移动，看到的是庐山的千姿百态，美景层出不穷，变幻莫测，到底什么才是庐山最美的地方呢？到底什么才是庐山真面目呢？在这寻找和思考的过程中，他已把庐山写活了，仿佛庐山像人一样在故意掩饰自己的真相。

　　经过上下寻觅，经过苦苦思索，他终于豁然开朗，悟到一个深刻的哲理："不识庐山真面目，只缘身在此山中。"我们之所以看不清庐山，就因为身在庐山啊。庐山之美是一个整体，也许庐山的一山一石、一草一木与他山并没有质的差别，更不足以反映庐山全貌，只有跳出庐山，才能看清庐山。

　　这不但在讲山，其实已经在讲一个哲理了。这里包括了整体和部分、宏观和微观、分析和综合等耐人寻味的概念。跳出来是宏观，是全体，是综合。当然如果没有经过对部分、微观的分析也不能达到认识真面目的目的。

◆　源头活水　理趣盎然

观书有感

〔宋〕朱熹

半亩方塘一鉴开，天光云影共徘徊。

问渠哪得清如许，为有源头活水来。

诗的题目是《观书有感》，可是诗中却没有一句提到读书之事。这首诗妙就妙在这里，句句不说读书，但句句说读书。

"半亩方塘一鉴开"就是说一个并不大的池塘像一面镜子一样打开着。"天光云影共徘徊"，天空中飘浮的白云倒映在这水面上，移来移去，不肯离去，仿佛人在徘徊。"问渠哪得清如许"，问这池水为什么会如此清澈？"为有源头活水来"，因为有潺潺的源头活水不断地流过来。

表面上在讲池水，实际上不是在比喻读书学习吗？读书也是这样，要使自己头脑清新，就要不断地吸收新思想、新观念，也就是要不断学习。不断读书学习，就是源头活水。有了这源头活水，头脑才能像一面镜子一般，水面清澈，就能有"天光云影"徘徊其间。否则就自我封闭，成了一潭死水。

实际上，这首诗不仅仅讲读书，还可以用来说其他。有一年高考作文题目叫《清流与活源》，就是要考生用源和流做比喻，联系实际生活中的一种现象进行分析。有的把生活与艺术比作源和流，有的把吸收和贡献比作源和流，有的把国家集体和个人比作源和流。但也有人不知说什么好，连"清流与活源"是从哪里来的也不知道。虽然写作文是综合能力的体现，知道了也不见得能写好，不过学过和没有学过到底是大不一样的。

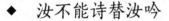

◆　汝不能诗替汝吟

咏河市歌者

〔宋〕范成大

岂是从容唱渭城？个中当有不平鸣。

可怜口晏忍饥面，强作春深求友声。

范成大是苏州人，晚年退职回家，过起了普通人的生活。当时苏州商旅云集，卖艺求生者到处可见，心中一直装着老百姓的范成大，不仅注意到这类人，而且用自己的诗篇替这些没有文化的下层人民鸣出了不平之声。这首诗描写的对象就是一名民间艺人。

　　"岂是从容唱渭城","渭城"在这里指的是根据王维《送元二使安西》谱成的乐曲,又叫《渭城曲》,在唐宋时期十分流行。这是一首送别诗,含有深挚的惜别之情,这就使它适合在绝大多数离筵别席上演唱,后来果然被编入乐府,成为一曲最流行、传唱最久的歌。《渭城曲》优美动听,别情依依,歌者应从容歌唱才是,但开首却用了"岂是"二字,这句就变成了:哪里是在从容地唱"渭城"啊?原因呢,是"个中当有不平鸣"。这句与上句形成一问一答,告诉读者,这歌者胸中自有不平事才唱出这样的歌声的。诗中虽然没有描绘他唱出的是一种怎样的歌声,但由这两句可以想象歌声一定是凄婉悲凉的。

　　"可怜日晏忍饥面","日晏"是天晚了的意思。天色向晚,卖唱一天的歌者还没有进过食,还得忍饥高歌。原来他是一个孤苦贫穷的歌者,为了生存,不得不忍饥卖唱。"强作春深求友声",岂止是"忍饥",还要强颜欢笑唱那"春深求友"的高雅曲子呢!诗人对他的态度可从"可怜"二字上看出,表现了他对下层人民深切的同情和关怀,真正是做到了"汝不能诗替汝吟"。

　　在艺术特点上,第一、二句先从听觉的角度着手,来抒写作者的主观感受;三、四两句则转入了视觉形象的描绘,把卖唱者忍饥挨饿、强颜欢笑的形象展现在我们面前。这首诗语言朴素平易,有竹枝民歌之风,没有故意雕饰的痕迹,自然天成,朗朗上口,是一首不可多得的为民鸣不平的好诗。

◆ 千古兴亡一曲歌

山坡羊·潼关怀古

〔元〕张养浩

峰峦如聚，波涛如怒，

山河表里潼关路。

望西都，意踌躇。

伤心秦汉经行处，

宫阙万间都做了土。

兴，百姓苦；亡，百姓苦。

　　张养浩在元代当过监察御史、礼部尚书等大官，因为敢于直谏常常得罪当朝者。据记载，在元英宗至治元年（1321年），他上谏反对元宵节内廷张灯结彩，得罪了权贵，不久弃官归隐。这首小令是他晚年被朝廷召去陕西赈灾时所写。赈灾期间，张养浩因勤劳公事，死于任所。《山坡羊》一共有九首，这是其中之一。

　　"潼关"是古代的关名，在现在的陕西省潼关县。该关雄踞山腰，守住陕、晋、豫三省的要冲，历来为兵家必争之地。"西都"指陕西长安，东汉建都洛阳称为东都，就以长安为西都。"踌躇"的本意就是犹豫、徘徊不进的意思，在这里是指作者经过此地怀古伤今不禁感慨万千，或者立马不前，或者驻足徘徊流连。作者把潼关形势的险要和统治阶级的罪恶紧紧地结合起来写，秦汉王朝兴起时，有多少老百姓被奴役，他们强迫百姓为他们修建华丽的宫殿，然而他们又往往穷兵黩武，不仅使老百姓成为炮灰，而且他们自己的宫殿也毁于一旦。

不管历代王朝是兴还是亡，都给百姓带来灾难。战乱时冲锋陷阵的是百姓，战后重建宫殿卖力气的也是百姓，所以说"兴，百姓苦；亡，百姓苦"，倒霉的总是无地位的老百姓。

这首短短四十四个字的曲子把吊古伤今、同情劳动人民的感情表露无遗，也让人看清了统治者的嘴脸。像这样的作品在元曲中并不多见，作品短，内涵丰富，而且气势宏大，不亚于苏轼的《念奴娇·赤壁怀古》，在某些方面比苏轼的还深刻。因为苏轼怀古伤今更多的是抒发个人感慨，而张养浩更多的是为老百姓考虑。

元曲中好的作品绝不亚于唐诗宋词，虽然它比较通俗，但有时反映的社会生活面更广阔、更深刻，因而同样富有生命力。

◆ 生灵涂炭　文人长叹

卖花声·怀古

〔元〕张可久

　　美人自刎乌江岸，战火曾烧赤壁山，将军空老玉门关。

　　伤心秦汉，生灵涂炭，读书人一声长叹。

　　这首散曲一上来就用了三个典故。"美人自刎乌江岸"，是指项羽同刘邦相争失败后，他的爱妾虞姬在乌江边自刎而死。"战火曾烧赤壁山"，是指三国时周瑜火烧赤壁大败曹军的故事。"将军空老玉门关"是东汉名将班超的故事。他抵抗匈奴势力在西域的扩张，使西域各族人民恢复了与汉朝的联系，被称为西域都护，封定远侯，在西域整整生活了三十一年。班超晚年思念家乡，上疏皇帝要求回去，有"臣不敢望到酒泉郡，但愿生入玉门关"的话，这便是"空老玉门关"的意思。

　　"伤心秦汉，生灵涂炭，读书人一声长叹"，无论是秦是汉，都令人痛心，都是老百姓遭殃，面对这些，读书人只好一声长叹。战争只让几个大人物出了名，而人民只有受苦的份。

　　火烧赤壁，人们只知道那个"羽扇纶巾，雄姿英发"的周公瑾；镇守玉门关，人们总算还记得班超。可是有谁想到那些在战争中涂炭的生灵，以及他们家属的斑斑血泪呢？唐人曹松的诗《己亥岁》："泽国江山入战图，生民何计乐樵苏。凭君莫话封侯事，一将功成万骨枯"就是表达了这个意思。

中国有句俗话叫"宁为太平犬，不作乱离人"。《己亥岁》中说的"生民何计乐樵苏"，打柴为樵，割草为苏，本来"樵苏"生活十分艰辛，用今天的话来讲未曾脱贫，有何可"乐"？但比起炮火连天生灵涂炭来，又觉得是再好不过的生活了。可见安定是第一位的，任何动乱、战争，吃亏的总是老百姓。

用自己手中的笔抨击战争，歌颂和平，实际上是历代文人的优良传统。张可久写过《小山乐府》，一般都写些欣赏山光水色抒发个人情怀的诗作，或是应酬之作。像这类警世之作比较少见，这是他继承了中国文人好传统的一面，一定程度上反映了元代社会的面貌。同时也反映了作为一名不得志的文人企盼安定、害怕战争的心态。

◆　但开风气不为师

己亥杂诗

〔清〕龚自珍

河汾房杜有人疑，名位千秋处士卑。

一事平生无齮齕，但开风气不为师。

　　"河汾"原指山西省内的黄河、汾河，这里借指隋末大儒王通，他隐居河汾之间，以讲学为生。后来人们称王通的学生为"河汾门下"。"房杜"指房玄龄、杜如晦，这两人都是唐太宗时的宰相，据说都是河汾门下。然而后世却有人怀疑王通不是房、杜的老师，因为房、杜的老师是无作为的隐居之士，房、杜是有作为的名臣，似乎不相称。

　　第二句"名位千秋处士卑"，则是对前一句的回答。"处士"就是隐士，宰相名垂千秋，处士的地位是那么卑微，所以有人怀疑他们的议论、观点，甚至怀疑他们已经做出的贡献。这上面两句连起来，就是说连王通这样的人都会受到攻击，那么我这个地位低下的人怎么会不被人攻击呢？这就引出了下面两句。

　　"一事平生无齮齕"，"齮齕"本意是咬，这里引申为攻击、诽谤，同最后一句连起来的意思是：我有生以来，只有一件事是任何人也诽谤不了的，那就是开创议论时政的新风气，不好为人师。这是对当时有些读书人不关心国计民生，喜欢自立门户，标榜清高，相互之间攻讦的风气进行了批评。

　　龚自珍一生是在内忧外患中度过的，他写这首诗后没几年，鸦片战争就爆发了。他虽职位卑下，但好"慷慨议论时政"，和林则徐还是好朋友，在他的文章中经常出现"大忧""大患""大恨"这类字眼。用今天的话来说，就是表现了他强烈的忧患意识，强烈的爱国主义情感，以及对统治者们的行径表示怒其不争的思想。

　　当时有许多知识分子表现出种种劣根性：有人陷进空谈天命的理学，有人投入逃避现实的考据学的樊篱，有人津津乐道于文章义理等。龚自珍却提倡"经世致用",从事他的"天地东南西北之学",这也注定了他会受到别人的攻击。但正如韩愈诗:"李杜文章在,光焰万丈长。蚍蜉撼大树,可笑不自量。"不管别人如何评论,龚自珍的诗文确实是长留天地之间的。

五四时期有人将胡适称为"但开风气不为师"的开风气之先者,其实,这样的人不少,鲁迅也是其中一个。总之,无论是哪个时代的知识分子,要对社会做出贡献,必须有一点责任心,责任心来自爱国。从古代的屈原、杜甫、陆游到近代的康有为、梁启超、鲁迅、闻一多,都有知识分子的忧国忧民之心。套用文天祥《正气歌》里面的诗,即是"天地有正气,杂然赋流形""地维赖以立,天柱赖以尊"。

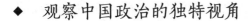

◆　观察中国政治的独特视角

久雨

〔清〕严复

投策归来卧涧阿,茅檐惟见雨滂沱。

可怜四海无晴旭,端为神龙治水多。

严复是中国近代史上一个了不起的人物,他把西方的民主和科学引入中华大地,他翻译的英国赫胥黎的《天演论》哺育了一代代知识分子,在中国思想界引爆了一场革命。

这首诗前还有一个小序："春夏以来，多逢阴雨，偶翻己未旧行历，见其上题曰'九龙治水'，因而感赋。"就是说，在连着阴雨的春夏之交，作者偶然翻旧皇历，看到上面题着"九龙治水"几个字，很有感触，就写了这首诗。

"投策归来卧涧阿"，"投策"有两种解释：一种指扔了马鞭，"策"是马鞭；一种是指离开政治，这里的"策"指策论。不管哪一种，都是说要离开官场，来到山边、河边。"涧"是河，"阿"是山阿。"茅檐惟见雨滂沱"，这是说他住的是茅屋，整日关在茅屋里，只见大雨倾盆。

"可怜四海无晴旭，端为神龙治水多。"如果顺着上两句继续写景，那这首诗就不是什么好诗了，妙就妙在这后面两句。"可怜四海无晴旭"，由眼前的雨写到天下的雨，意思是：可怜啊，这四海之内怎么没有一个旭日东升的大晴天呢？严复虽归隐山水间，仍不忘国家的兴亡，还在感叹政治阴沉沉，鞭笞国家的黑暗现状。

"端为神龙治水多"，这是对上面一句的回答。为什么无晴天呢？因为治水的龙太多。古人有这样的说法，一条龙能救旱灾，龙多了反而会变水涝，"九龙治水"，必然成了水灾。这是在说当时的很多人都想当头，都打着救国的旗号，结果造成一片混战，使得中国没有晴天。这是严复晚年对中国政治的总结和批判，也是对今后政治发展的警告和预言，是非常深刻、形象的。

这首诗大概写于1920年，1921年严复就去世了，以后历史的发展果然如他所言。

述怀诗

春花秋月何时了？
往事知多少。

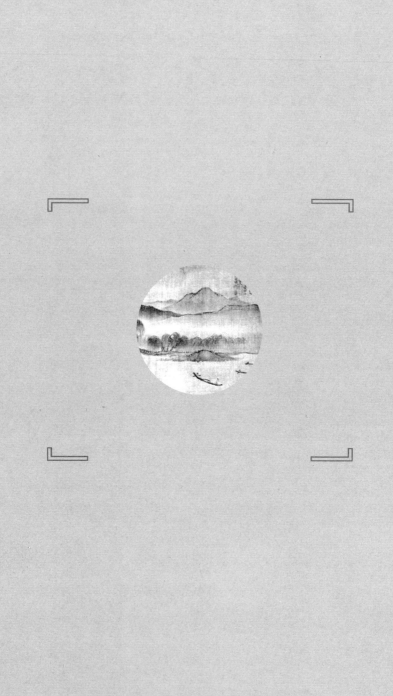

◆ 楚歌究竟为谁发

鸿鹄歌

〔汉〕刘邦

鸿鹄高飞，一举千里。

羽翼以就，横绝四海。

横绝四海，当可奈何？

虽有矰缴，尚安所施。

　　这首诗是汉高祖刘邦所写。要读懂这首诗，首先要了解写它的背景。刘邦坐上了皇帝的位置，对皇位继承人的事情，可谓是伤透了脑筋。照传统宗法，第一继承人应该是嫡长子，也就是正妻所生的长子。但事实上正妻生的未必就是长子，正妻只有一个，小老婆有很多，所以往往长子不是嫡子。这就麻烦了，到底是立长还是立嫡？而且，即使是法定的嫡长子，皇帝却认为他不贤，不如其他儿子好。

　　刘邦就是如此，他认为正妻吕后所生的太子刘盈太懦弱无能，想废掉太子，另立戚夫人之子赵王如意。这遭到了吕后的拼死反对，不但如此，大臣们也反对。谋士张良出点子，找来了当时很有名望的四位老人来辅助太子刘盈。一次刘邦见刘盈身后多了这四个人，感到很奇怪，就问："我过去请你们来，你们避开我，今天怎么跟了我的儿子？"这四位老人说："你看不起知识分子，经常出口骂人，而太子仁爱重士，天下莫不愿为他献身，我们虽然老了也愿献出这把老骨头。"

刘邦听了，表面上对老人们说："多谢你们来帮助太子。"但心里大吃一惊。他回去对戚夫人说，有了这四个人辅助太子，我虽然想废掉他，可是他现在羽毛已丰满，难以改变了。戚夫人听后十分伤心。刘邦说你跳一个舞吧，我给配个歌，于是就写了这首诗，诗虽短，却表达了复杂的感情。

"鸿鹄高飞，一举千里"，那只天鹅在高高的天空一飞就是千里。"鸿鹄"就是天鹅，这里指的是太子刘盈、吕后这些人。"羽翼以就，横绝四海"，他的羽毛已丰满，基础已坚固，能统治天下了。"横绝四海，当可奈何"，他基础牢固，具备统治天下的能力以后，谁对他都奈何不得。"虽有矰缴，尚安所施"，"矰"是短箭，"缴"音zhuó，是缚在箭上的丝绳，便于回收猎物，"矰""缴"都是捕鸟的工具。这句话的意思是，你即使有各种办法也用不上了啊！言外之意：我即使想了很多废掉太子的办法，结果还是用不上啊！

可也有人不这么理解，认为天鹅并不是指太子刘盈。刘邦既然认为刘盈无能，怎么会用"一举千里，横绝四海"来比喻他呢，何况在妃子面前赞美皇后的儿子也不合情理。这首诗是在暗示戚夫人要激励小儿子赵王如意。按照这个意思，翻译过来就是："我心爱的有志气的孩子啊，你快远走高飞吧！你也要到处招贤纳士，组织力量，这样就可以纵横天下了。等到你能控制天下的时候，谁也奈何你不得，什么阴谋诡计都将破产了。"这样解释也完全讲得通。据史书记载，刘邦不但这么唱了，还这么安排了：他把如意安排在一等封地赵，派最能干的大臣周昌去辅佐他。然而一切非刘邦能挽回。刘邦死后，戚夫人、如意遭杀害，而且死得十分凄惨。

　　这两种解释都能说得通，但无论哪种，都可以看得出诗歌情真意切，不乏感人的艺术力量。

◆　古拙的歌唱深沉的控诉

东门行

汉乐府

出东门，不顾归。

来入门，怅欲悲。

盎中无斗米储，还视架上无悬衣。

拔剑东门去，舍中儿母牵衣啼。

他家但愿富贵，贱妾与君共哺糜。

上用仓浪天故，下当用此黄口儿，今非。

咄，行！吾去为迟，白发时下难久居。

　　《诗经》中有许多反映人民疾苦的现实主义作品，两汉乐府民歌继承了

"饥者歌其食，劳者歌其事"的传统，从社会生活的更多侧面反映了当时劳动人民的悲惨境遇和他们强烈的爱憎。这首汉乐府《东门行》，就反映了在沉重的压迫下，人民走投无路铤而走险的情景。

开头四句，写一个男子为了寻求一家人的活路，本来已不考虑后果，愤而出走，或偷，或抢，或造反。总之，要做为当时社会所不容的事，所以说"出东门，不顾归"。"顾"就是回头，"不顾归"，就是不回头。"来入门，怅欲悲"，但是他内心还是充满矛盾，一个良民百姓要铤而走险，实在要极大的勇气，于是又放心不下，再转身回家，心情更加悲伤。他环顾周围，家徒四壁，瓦罐中无米，架上无衣。这日子怎么过呢？于是终于再次拔剑出走。

可是妻子不忍心自己的丈夫去冒险，拉着他的衣服，动之以情，晓之以理。"他家但愿富贵，贱妾与君共哺糜"，别家只管有吃有穿，我情愿跟你吃糠咽菜。她还进一步劝丈夫："上用仓浪天故，下当用此黄口儿"，"用"就是为了的意思，"黄口儿"就是小孩子。对上看在老天分上，对下看在小孩子的分上。

然而丈夫的回答却是："咄，行！""咄"，是呵斥责骂的声音；"行"就是我要走了，是斩钉截铁的口气。"吾去为迟"，我现在走已经迟了。"白发时下难久居"，我头发都白了，都在一根根地脱落了，再也不能苦挨下去了！

全诗不到八十个字，却仿佛是一出令人揪心的短剧，男女主人公生活处境、心情神态、对话景象都活生生地展现在我们面前。全诗在对话中结束，也如一出戏的结束，静场、大幕急落，一片黑暗，它没有告诉读者诗中主人公的命运如何，却留给读者深深的思索。

◆　情景凄怆　催人泪下

十五从军征

汉乐府

十五从军征，八十始得归。

道逢乡里人，家中有阿谁？

遥看是君家，松柏冢累累。

兔从狗窦入，雉从梁上飞。

中庭生旅谷，井上生旅葵。

舂谷持作饭，采葵持作羹。

羹饭一时熟，不知贻阿谁？

出门东向望，泪落沾我衣。

　　这是一首反对战争的乐府诗。"十五从军征，八十始得归"，一个老态龙钟、衣衫褴褛的八十岁老兵，整整度过了六十五年兵役的漫长岁月。这六十五年中他必然经历了千辛万苦：上司的暴戾，敌人的凶残，盛夏的酷暑，严冬的寒冻，风沙侵袭，雨雪淋打，兵营中非人的生活，以及思念家人的痛苦，种种苦水，样样折磨，一切艰辛他都熬过来了。

现在终于回家了，他是那么急切地要和家人团聚。"道逢乡里人，家中有阿谁"——离家还远远的，他就急切地问乡里人，家中还有谁在？可是路人却回答"遥看是君家，松柏冢累累"——你看这远远的坟墓累起，长满松柏的地方就是你的家。六十五年中，长期兵荒马乱，天灾人祸，这普通农家早已破败不堪了。

他抱着一线希望，走进了家门，可是在他眼前，呈现出一派凄惨的景象："兔从狗窦入，雉从梁上飞。中庭生旅谷，井上生旅葵。"野兔从狗洞里钻出，野鸡在梁上飞，院子里长起野谷，井台上长着野葵，真是满目苍凉。

亲人都死光了，他只好自己动手舂谷采葵，持作饭羹。饭熟了，可有谁和他一起吃呢？现在只剩下他孤零零一个人了。怎不叫人悲痛欲绝——还不如战死在沙场！"出门东向望，泪落沾我衣。"他茫然地走出家门，望着苍苍茫茫的来路，老泪纵横，衣衫湿透。这泪，包含着他六十五年兵役的辛酸苦难，包含着他家破人亡的悲哀惨痛，包含着他残生的孤苦凄凉，是对封建统治者奴役人民的控诉。

这首诗四句一层，一共十六句四层，随着人物从远而近，从进家门到出家门，随着人物听到、看到的景物，从希望到失望，由失望到绝望，把这名老兵的苦难逐步引向高峰，从而深深地打动了读者，激起人们反战的意识。

◆　清风入怀　明月可鉴

咏怀诗（其一）

〔三国·魏〕阮籍

夜中不能寐，起坐弹鸣琴。

薄帷鉴明月，清风吹我襟。

孤鸿号外野，翔鸟鸣北林。

徘徊将何见，忧思独伤心。

　　这首诗吟咏了高雅之士的孤独与忧愁。"夜中不能寐，起坐弹鸣琴"，夜深人静，独自操琴。"薄帷鉴明月，清风吹我襟"，窗外月光如洗，清风徐徐，用优美的笔触写出了一种高人雅士的孤高神态。这位孤高的人物无疑就是阮籍本人。

　　俗话说"诗言志"，每一首诗所营造的氛围、流露的情怀都与社会背景和诗人遭遇息息相关。"孤鸿号外野，翔鸟鸣北林"，作者以"孤鸿"比作自己，而把当权的司马氏家族比作"翔鸟"。作者独自在"外野"哀号，满腔愤懑，苦于在司马氏的高压下而不能言，难怪诗人要"徘徊将何见，忧思独伤心"了。

阮籍作为"竹林七贤"的领袖人物，品性高洁，不愿趋炎附势，自从晋取代魏后，他一直在放纵中求取生存之道，他曾经驾车独行，走到无路可走时，便大哭一场而返回，这与"徘徊将何见，忧思独伤心"一样，正是诗人痛苦内心的折射。诗中这种"世人皆醉我独醒"，唯有"清风明月"可知心的情境，既清寒优美，又矛盾忧伤，简练而传神地概括了千百年来文人的一种共同心态。

阮籍的《咏怀诗》共八十二首，这是第一首。这组诗开创了写慷慨抒怀诗的先河，对后来的唐代诗歌有深远的影响。

◆　除去世俗的尘污

咏史（其五）

〔晋〕左思

皓天舒白日，灵景耀神州。

列宅紫宫里，飞宇若云浮。

峨峨高门内，蔼蔼皆王侯。

自非攀龙客，何为欻来游？

被褐出阊阖，高步追许由。

振衣千仞冈，濯足万里流。

　　相传左思相貌丑陋却文才卓异，所作的《三都赋》名噪一时，人们竞相传抄，弄得偌大的一个洛阳，纸张供不应求，从此留下了一段"洛阳纸贵"的佳话。然而如此才学卓绝、胸怀大志之人，却因为出身低微，而无法跻身仕途、成就功名。

　　当时的选官制度还不是科举制，而是"九品中正制"。士人们按照各自的门第、德才被分为三级九等，称为九品，政府则按品用人。这种做法开始尚可实施，但后来门第在评定过程中所占的比例越来越大，到了左思生活的西晋，已形成了森严的门阀制度，一些才高志雄的寒门子弟再也难以施展抱负了。

　　出身寒门的左思有慨于此，常借诗文宣泄胸中的郁勃之气。他的诗笔力雄健，超拔时俗，独树一帜。他的传世作品中，最著名的是《咏史》八首，这是其中的第五首。

　　诗人借史咏怀，这种形式的诗对后世的影响很大。全诗第一句便把我们带到了一个阳光灿烂、广袤无垠的空间，使人感到胸襟开阔、眼界远大，这就是古诗中所谓的"起调"。它以一种特定的感情气氛笼罩全篇，由于开篇意象开阔雄浑，整首诗就显得高亢不凡。

　　接下来的几句是写京都贵族的生活景象。皇城之内，官宅列第，飞翘的屋檐连成一片，宛如天边的浮云。崇楼高门之中，熙熙攘攘，尽是王侯将相、达官显贵。值得注意的是，诗人有意避开了细琐的描写，作一种居高临下、鸟瞰式的观察。这不仅使诗的气魄尤为宏大，更反映出了诗人高傲的人生态度。王公贵族排斥了他，但他在精神上却自居于一个更高的境界。诗人用"峨峨"来比喻王侯府第的奢华森严，象征当时的门阀制度。"蔼蔼"原指草木茂盛而一片模糊的样子，这里用来形容达官贵人的众多，犹如俯视草芥，极度鄙夷。

"自非攀龙客，何为欻来游？"诗人回笔倒叙，说明自己本非攀龙附凤之徒，来京城匆匆走一遭，却是横遭排挤、处处碰壁，实在太不值得。现实与理想的矛盾使诗人感到理想的生活只能像上古时代的高士许由那样，离开喧嚣肮脏的尘世，深入大自然的怀抱，安贫守节，洁身自好。

收尾是一句传诵千古的名句："振衣千仞冈，濯足万里流"，意思说要除去世俗的尘污。这和开头两句一样，构成崇高而阔大的意境来寄托诗人的情怀，给人一种永恒的壮美的感受，同时也表达了诗人与世俗彻底决裂的决心。

锺嵘在《诗品》中用"左思风力"来评价他的诗，指的正是这种刚健明朗、雄浑开阔、富有力度的风格。的确，在遭受挫折、面临困顿之际，诗人不是作为一个弱者发出痛苦的呻吟，而是作为一个强者发出了有力的呼喊。

◆ 卓然独立　不附俗流

拟行路难（之五）

〔南朝·宋〕鲍照

对案不能食，拔剑击柱长叹息。

丈夫生世能几时，安能蹀躞垂羽翼？

弃檄罢官去，还家自休息。

朝出与亲辞，暮还在亲侧。

弄儿床前戏，看妇机中织。

自古圣贤尽贫贱，何况我辈孤且直。

《行路难》是乐府杂曲，本为汉代歌谣，晋人袁山松改变音调，创作了新词，在当时非常流行。鲍照便是仿照这种歌词创作了十八首，歌咏人生的种种忧患，寄托自己的悲愤之情，这里选的是其中第五首。

"对案不能食，拔剑击柱长叹息"，"案"是放食器的小儿，它的形状犹如有脚的托盘，对着几案上的食物吃不下，拔出剑来击门柱并且发出阵阵叹息。为什么这么激动？为的是身居下僚，难展宏图，以致心中不平。

"丈夫生世能几时，安能蹀躞垂羽翼"，"蹀躞"，即小步走路的样子。诗人本有宏图大志，然而在那个社会现实中，只能垂下双翅，小心翼翼地小步走路。才高气盛之人必定有强烈的自尊，然而在当时讲究门第、由贵族统治的社会现实下，只有发出不平之鸣。

"弃檄罢官去，还家自休息"，"檄"即官场中的文书，有的地方作"弃置罢归去"，意思一样，辞官以后去享天伦之乐吧。"朝出与亲辞，暮还在亲侧。弄儿床前戏，看妇机中织"，朝出晚归，不离开亲人，与儿女在门前嬉玩，看妻子织布，虽然辞去官职，却有了一些安慰。但是，鲍照毕竟对自己的处境十分不满，他还是位有远大志向之人，所以结尾发出不平之鸣："自古圣贤尽贫贱，何况我辈孤且直。""孤"是孤芳自赏，"直"是耿直，行直道，不会曲意阿谀逢迎别人。自古以来有志向的圣人都是贫贱的，更何况像我这样出身寒微做人又爽直之辈！可以看出诗人卓然独立、不附俗流的风格。

　　这首诗对后世影响很大，后来李白也写过《行路难》，深受鲍照的影响，李白《将进酒》里有一句"古来圣贤皆寂寞，惟有饮者留其名"，也明显受他启发。

◆　复杂矛盾心理的揭示

渡汉江

〔唐〕宋之问

　　岭外音书断，经冬复立春。

　　近乡情更怯，不敢问来人。

　　久别之人将要见面，除了兴奋高兴之外，往往还掺杂了其他复杂的情感。比如贺知章《回乡偶书》中的"儿童相见不相识，笑问客从何处来"，就包含了许多人生的无奈与辛酸。这首《渡汉江》，写的就是还乡前一刻的感受。

　　前两句交代了离家的地点之远、时间之长。地点是"岭外"，时间是过了一个冬天又一个冬天，过了一个春天又一个春天。长期远离家乡已使人思乡心切，何况音讯断绝，思乡之情就更急切了。现在离家乡越来越近，即将见到日思夜念的亲人，这时想见家人的心情应该是越来越迫切了。

可下句突然又转为"情更怯"，怕了起来。照理说，用迫切的"切"字，"近乡情更切"更能表达思乡之情。对故乡的"怯"，仿佛于情不合。然而这个"怯"字正是这首诗的妙处，没有这种生活感受的人是写不出来的。他越是想看到亲人，就越怕。怕几年来家里会不会有什么变故，怕父母兄弟是不是还健在，怕自己的妻子、孩子是不是平安，越是思念，就越怕，越怕就越不敢问当面走过来的人。无论是吉、是凶、是福、是祸，还是慢一点知道吧。反过来，越是不敢问来人，就越怕，越怕也就越想知道。可见这种心理是多么矛盾和复杂。诗的价值其实就在这里，它揭示了人类最普遍的心理规律。

现代人虽然通信方便了，很少会出现音信全无的状况，但这种心态还是会有的，不过没有那么强烈罢了。在很多场合，比如参加自己所企盼的某项比赛、等待一件大事的来临，都会产生这种既希望赶快到来，又害怕马上到来的心态。人类心理的这种矛盾的多重性、复杂性是普遍存在的，而作者却只用了寥寥二十个字就讲出来了。

宋之问之所以会远离家乡，是因为他与奸佞小人张易之狼狈为奸，因此被唐中宗贬到岭南的蛮荒之地，这是罪有应得。他这次回乡是逃出来的，是"越狱犯"，所以渡过汉江时非常担心，但在欣赏时却往往虚化了这个背景。这也是欣赏文艺作品的一个参考。

◆ 绝域荒寒　永无春色

凉州词

〔唐〕王之涣

黄河远上白云间，一片孤城万仞山。

羌笛何须怨杨柳，春风不度玉门关。

　　王之涣的这首《凉州词》，有人说是唐诗的压卷之作。过去考试，阅卷官把最好的卷子放在最上面，叫压卷。压卷之作就是第一名。不过各人欣赏品味不同，对谁是第一的看法也不同，但无论如何，这是一首公认的好诗。

　　诗的第一句就气势不凡。李白写黄河，说"黄河之水天上来，奔流到海不复回"，他是从上游写到下游。而王之涣却是选取了一个自下而上仰望的特殊角度，说那汹涌澎湃、波浪滔天的黄河，仿佛成了一条黄色缎带飞上了云端。紧接着一句"一片孤城万仞山"，一仞等于三十尺，"万仞"形容山之高。"孤城"不说"座"而说"片"，可能因为这一座孤城并不是什么居民住处，而是戍边的堡垒、营地，所以说一片。倒挂的黄河，边塞的孤城，给人一种悲壮之感。

　　后面的两句："羌笛何须怨杨柳，春风不度玉门关。"就在这时，在这荒漠绝域，传来了如泣如诉、如怨如慕的笛声。也许是远离家乡的游子在吹笛，也许是戍边多年的士兵将官在吹笛。在这苍茫云海间，在这万仞高山围绕着的一座城堡中，他们的物质生活和精神生活都是单调而凄苦的，只能用笛声来驱遣这心中的郁闷。

可这笛声更增加了悲凉的气氛。所以作者说，我们不必去"怨杨柳"。"杨柳"有两层意思，一层是笛子吹的一首送别曲叫《折柳》，另一层是说这一带连很容易生长的杨柳都栽不活，当然离别时也就无柳可折了。为什么连杨柳都不能生长呢？因为"春风不度玉门关"，春风像人一样，也不愿离开江南来到这荒漠的塞外。从边塞的景色、悲凉的笛声、环境的艰苦，让人对驻守边疆的战士产生了一种崇敬的心情。

◆　表里一致　清澈无瑕

芙蓉楼送辛渐

〔唐〕王昌龄

寒雨连江夜入吴，平明送客楚山孤。

洛阳亲友如相问，一片冰心在玉壶。

王昌龄是和李白同时代的著名诗人，因为受到一些人的诽谤和中伤，好几次被贬谪到遥远的南方做小官。他在江宁（今南京）做官时，一个叫辛渐的老朋友来看望他，他特地陪辛渐到镇江，让辛渐从镇江过江，取道扬州回洛阳。当时就作了这首著名的七绝《芙蓉楼送辛渐》。

前两句写的是送客时的情景。因为江宁、镇江在古代属于吴国和楚国的范围，所以在诗中用"吴""楚"来代替。这两句诗写得很有气势，也隐含着感情色彩。"寒雨连江夜入吴"，秋雨绵绵，江水茫茫，诗人和挚友连夜乘船东下，两人有说不完的话、分不开的友情，正像眼前无尽的秋雨大江。接下来一个"孤"字，不光突出诗人送别客人时亲眼看到的江北莽莽平原上耸立的楚山，也象征了诗人不随波逐流、卓然挺立的情怀。

诗人正是在触景生情、思绪万千之际，倾诉了内心的一片真情，意思是如果洛阳的亲朋好友问起我的情况，那就请客人转告，我像"一片冰心在玉壶"那样，永不泄气，永远保持高尚的情操。

这句话包含了两个优美的意象，一个是"冰心"，一个是"玉壶"，而且这两个意象是紧密联系在一起的。用玲珑的玉石做成的壶晶莹剔透，精致可爱。壶中放的又是纯净的是"冰"，那就是表里一致，从里到外都显得清澈无瑕了。其实诗人这句话也含有安慰、鼓励、惜别的意思。他在为自己的志向和操守表白，让朋友放心，这不就是对朋友最大的安慰吗？朋友间最需要的是思想感情上的交流，客套话、应酬话再多也无用，说心里话，特别是那些表示志向抱负的话，即使说得不多，也会使朋友感到高兴，受到鼓励。

◆ 九曲回肠　百折不挠

行路难

〔唐〕李白

金樽清酒斗十千，玉盘珍馐值万钱。

停杯投箸不能食，拔剑四顾心茫然。

欲渡黄河冰塞川，将登太行雪满山。

闲来垂钓碧溪上，忽复乘舟梦日边。

行路难，行路难，多歧路，今安在？

长风破浪会有时，直挂云帆济沧海。

　　这首诗气势激荡奔放，感情跌宕起伏，给人一种非凡的艺术感受。前两句"金樽清酒斗十千，玉盘珍馐值万钱"。"金樽""玉盘"指酒具、餐具，"斗十千"指一斗要十千钱，"值万钱"说价值万钱。总之，酒是好酒，菜是好菜，餐具是好餐具，这显示出李白挥金如土的潇洒。李白被称为"酒中仙"，照理，他应该日饮三百杯。然而他却"停杯投箸不能食，拔剑四顾心茫然"。端起酒杯就放下了，刚拿起筷子就扔掉了，接着索性离开座席，拔出宝剑，举目四顾。"停""投""拔""顾"四个字，写出了他内心的苦闷。

接下来交代了他苦恼的原因。"欲渡黄河冰塞川，将登太行雪满山。"想渡黄河，黄河上结了冰，船不能行；想登太行山，大雪封山，无法攀登。用恶劣严酷的环境来比喻，说明他仕途受了很大挫折。

后面两句"闲来垂钓碧溪上，忽复乘舟梦日边"有两个典故。"垂钓碧溪"，是说八十岁的老人姜太公在溪边垂钓，终于被周文王任用，立下了巨大功勋。"乘舟梦日边"是说伊尹曾做梦乘舟经过日月之旁，不久被商汤重用，后来成了一代名相。受挫后的李白通过这两句诗鼓励自己：受挫有什么了不起，我一定会像姜尚、伊尹他们那样最终得到君王赏识，名留青史。

然而眼下毕竟困难重重，所以他又叹道："行路难，行路难，多歧路，今安在？"我到底怎么走今后的人生之路呢？情绪又低落了。但这低落正是为了进一步的昂扬："长风破浪会有时，直挂云帆济沧海。"

诗人的感情在复杂的矛盾中回旋撞击，失望—希望，彷徨—探索，苦闷—执着，一波三折，跌宕起伏，如黄河奔腾而下，九曲回肠欲退还进，终于激起了感情长河中最绚丽的浪花，奏出了"长风破浪会有时，直挂云帆济沧海"的最强音。

◆ 据理死谏　敢作敢当

左迁至蓝关示侄孙湘

〔唐〕韩愈

一封朝奏九重天，夕贬潮州路八千。
欲为圣明除弊事，肯将衰朽惜残年！
云横秦岭家何在？雪拥蓝关马不前。
知汝远来应有意，好收吾骨瘴江边。

这首诗是韩愈在贬谪潮州途中创作的。一上来就交代了自己获罪被贬的原因："一封朝奏九重天，夕贬潮州路八千。"我一大早上了一本奏折给皇帝，结果到了晚上，就被贬到八千里外的潮州。潮州就是今天的广东潮州市潮安县，从长安到潮州确实是路远山高。

为什么皇帝会这么大发雷霆，把韩愈赶出京城？这里有一段故事：唐代的宪宗皇帝信佛，在他的倡导下，全国上下佛事大盛。819年，举行了一次大规模的迎佛骨运动，将据称是佛祖释迦牟尼的一块骨头，又名舍利，迎到长安。为此修路盖庙，人山人海，官商民等捐物捐款，山呼万岁，热火朝天。身为监察御史的韩愈对此很有看法，便上书劝谏。上书前，他也经过了激烈的思想斗争，但"文死谏，武死战"的传统观念鞭策着他，大义终于战胜私心，可这勇敢的一谏，就惹来大祸。

这就是诗中所说"欲为圣明除弊事，肯将衰朽惜残年"。韩愈在上书中说，佛骨不过是一块枯骨，皇上却亲临观之，实在有失体统，而且惊动上下官民，是劳民伤财。现在群臣不言其非，御史不举其失，我感到十分羞耻，希望能皇上能让我烧了这块佛骨，以绝后患。不但如此，他还说："佛如有灵，能作祸祟，凡有殃咎，宜加臣身。"如果佛真有灵要降什么祸殃，就让他来找我吧。于是皇上大喝一声，把他赶到八千里外的海边。

当时韩愈的心境之冷，可想而知。他年仅十二岁的小女儿还惨死在路上。当他过蓝关时，见到了赶来看他的侄孙韩湘，就写了这首名诗。

"云横秦岭家何在"，面对秦岭的白云，想想自己的家在哪里呢？这是回顾过去。"雪拥蓝关马不前"，在大雪拥膝的蓝关下，连马都不肯走了。这是展望前景。这两句是写景，更是抒情。"知汝远来应有意，好收吾骨瘴江边"，对着他的侄孙，他说，我知道你前来是什么意思，不过是想到这乌烟瘴气的江边来收我这把老骨头吧？

韩愈到了潮州，看到那里地处偏僻，文化落后，弊政陋习极多，大吃一惊，他觉得比起那里的老百姓，自己的一点冤一点苦算不了什么了。于是，在那里短短的八个月，做了四件有利于老百姓的事：一是驱除鳄鱼之害；二是兴修水利，推广先进耕作技术；三是赎放奴婢；四是兴办教育，推广"普通话"，给那里带来了文明。有人研究，韩愈之前几百年，潮州只出了三名进士，韩愈之后，到南宋，登第进士达一百七十二名。现在潮州一带的山叫韩山，一条河叫韩江，就是当地人民为感谢他而命名的。

◆　高超的技艺　不幸的身世

琵琶行（节选）

〔唐〕白居易

大弦嘈嘈如急雨，小弦切切如私语。

嘈嘈切切错杂弹，大珠小珠落玉盘。

间关莺语花底滑，幽咽泉流冰下难。

冰泉冷涩弦凝绝，凝绝不通声暂歇。

别有幽愁暗恨生，此时无声胜有声。

银瓶乍破水浆迸，铁骑突出刀枪鸣。

曲终收拨当心划，四弦一声如裂帛。

东船西舫悄无言，惟见江心秋月白。

《琵琶行》写了一个沦落江湖的歌女高超的弹奏技艺，以及歌女的不幸经历。此处节选的是《琵琶行》中描写弹奏技艺的一节。可以把这十六句分成四组来看。第一组："大弦嘈嘈如急雨，小弦切切如私语。嘈嘈切切错杂弹，大珠小珠落玉盘。"音乐声是很难用语言传达的，作者这里连用两个比喻，说这声音一会儿像暴雨狂风，一会儿又像在窃窃私语。两种声音交织在一起，就像大珠小珠落在玉盘上，用看得见的形象来描述看不见摸不着的声音。其实，不仅有形象，也有声音，玉盘、大珠小珠落下时发出的声音，本来就可以通过联想来获得。

第二组："间关莺语花底滑，幽咽泉流冰下难。冰泉冷涩弦凝绝，凝绝不通声暂歇。"声音渐渐变了，仿佛黄莺在花下细语，"间关"，是黄莺叫的声音。接着声音又变了，仿佛淙淙流水在冰下悄悄地流着。"凝绝不通声暂歇"，渐渐地声音似乎凝固了。作者仿佛不是在写音乐，而是在倾诉伤心的身世，倾诉内心的苦闷。

所以有了接下来的第三组："别有幽愁暗恨生，此时无声胜有声。"作者已经按捺不住，终于跳出来评论了。有的时候，无声要比有声更打动人。老子早说过"大音希声"，鲁迅《无题》诗中亦有"于无声处听惊雷"一句，这无声恰恰包含着最大的声音。这无声之后，爆发出排山倒海的声响："银瓶乍破水浆迸，铁骑突出刀枪鸣。"如银瓶突然被打破，如千军万马突然冲出与敌短兵相接，这是何等惊心动魄。

就在读者被它深深打动的时候，突然"曲终收拨当心划，四弦一声如裂帛"，音乐戛然而止。音乐结束了，作者把笔触不知不觉地移开："东船西舫悄无言，惟见江心秋月白。"周围静悄悄的，天上是一轮明月，一切的一切都沉浸在演奏家所创造的艺术氛围中。

◆　没有控诉的控诉

行宫

〔唐〕元稹

寥落古行宫，宫花寂寞红。

白头宫女在，闲坐说玄宗。

　　行宫是古代帝王外出时所居住的宫室，也叫离宫，这里指的是洛阳的上阳宫。由于杨贵妃受到唐玄宗的专宠，当时后宫的许多宫女都被安置在别的地方，上阳宫就是安置京城宫女的处所之一。安史之乱后，上阳宫渐渐冷落荒凉了。到元稹写这首诗时，玄宗早已作古，当年被选入宫的女子，还活着的都成了六七十岁的白头宫女了。

　　元稹就像一个高明的摄影记者，如实地摄取了一个白头宫女的镜头，给人留下无限的感慨。"寥落古行宫"，当年金碧辉煌、宫女成群的上阳宫，如今已破败、寥落了。"寥落"，就是冷冷清清、空空荡荡的意思。一个"古"字，写出时代的变迁。"宫花寂寞红"，可是那春天的花朵却不解人意，即使无人欣赏，仍然独自开放着。

　　"白头宫女在，闲坐说玄宗"，实在闲得无聊的几个白头宫女坐在一起，谈着当年玄宗的旧事。这些老宫女是行宫变迁的目击者，是当年玄宗生活的知情人，又是帝王宫廷制度的受害者。她们能说些什么呢？也许她们在说玄宗当时的宫闱秘事，也许说他沉湎于声色享乐的生活琐事，也许在说有关宠爱杨贵妃的种种故事，还可能说当年她们是怎么被玄宗打发到这儿来的。也许以上都不是，往事如烟，开元天宝年间的繁华盛况，早已烟消云散，眼前所能见到的只是古行宫的寥落。抚今追昔，不胜沧桑与衰亡。

这些老宫女们数十年的幽禁，生活枯燥、单调，心灵完全麻木，她们已经没什么可谈了，也已经恨不起来了，只能用"说玄宗"来打发无聊难挨的光阴，走完她们的人生道路。从这"说玄宗"中可以看出，这是对当时的宫廷制度的控诉，虽然是间接地控诉，却也一样催人泪下。

这首诗之所以深深打动读者，还因为它运用了强烈的对比。首先是这红花与白头的对照，当年这些宫女也都是如花似玉，现在却白发苍苍，使人不能不悟到青春易逝、红颜易老的真谛。其次是把春花竞相开放与宫女闲坐时的寂寞心境相映衬，更能使人体会到这些宫女被长期幽禁而虚度年华的悲惨遭遇。

◆　奇谲沉痛　感人肺腑

马诗（其四）

〔唐〕李贺

此马非凡马，房星本是星。

向前敲瘦骨，犹自带铜声。

李贺是晚唐有名的诗人，人称"鬼才"，他的诗想象奇谲，辞采诡丽，经常抒发怀才不遇的悲愤。这首《马诗》只有四句二十个字，每个字却道出了作者的千言万语。

"此马非凡马"，是说这匹马不是一般的马。"房星本是星"，"房星"是天上星星的名字，又称天驷，即天马，传说它的任务是驾车，所以又称为天马星、天驷星。古人曾说："房星明，王者明。"把房星的明暗与国家治乱联系起来。这里在暗喻"马"之能否被重用，与统治者用人制度大有关系。

"向前敲瘦骨，犹自带铜声"，这两句突兀而起，奇谲非凡。瘦骨是马的形态，这匹马已经被折磨得露出了骨头，瘦得能敲出声音了。可是，它仍然不是一匹凡马，而是有着"铮铮铜骨"的千里马。这"铜声"两字，更是浑厚凝重，悦耳动听。根据我们平时的生活经验想一下，就可知作者对这匹硬骨嶙嶙的瘦马，怀着多么深厚的感情，他多么希望这匹马能得到重用。

他在写马，其实也在写自己。再联系李贺短暂而坎坷的一生，不禁为"犹自带铜声"而震得心中发颤。这样的诗句，真可谓是奇谲沉痛，感人肺腑。

◆　句中无其词　句外有其意

秋夕

〔唐〕杜牧

银烛秋光冷画屏，轻罗小扇扑流萤。

天阶夜色凉如水，卧看牵牛织女星。

　　这是一首哀叹宫中女子命运的宫怨诗，从字面上似乎看不出哀怨。根据诗中描绘的场景，我们可以把这首诗看作是一出独幕哑剧。时间是秋夜，地点是帝王的后宫，人物是一名宫女。

　　幕拉开了。一间深邃而冷寂的寝宫，在舞台一角，桌上摇曳着一点惨淡的带着一丝寒意的烛光，使四周蒙上一层暗淡的色彩，只有挨近那寒光的画屏隐约可见。这就是"银烛秋光冷画屏"的内涵。

　　当窗靠着一名少女，她若有所思地望着庭院，院内的亭台草木在月光下只能见到朦胧的轮廓。忽然，她发现了什么，便拿起一把丝制的团扇走进庭院，追逐扑打着那忽高忽低、忽东忽西飞舞的萤火虫。这便是"轻罗小扇扑流萤"的含义。

　　"天阶夜色凉如水"，月影缓缓地移动，她也许有点困了，也许觉得无聊乏味，便没精打采地往屋里走。夜已深了，月光洒在宫门前的石阶上，给人一种清凉如水的冷飕飕的感觉。

"卧看牵牛织女星",她步回寝宫,斜卧在临窗的床上,却睡不着。她遥望窗外的星空,凝视着银河两边的牛郎织女,望着——想着,想着——望着,泪水从她的脸颊上悄悄地滚落下来……此时舞台上灯光渐暗,幕徐徐落下……

一般诗里对牛郎织女大多表示同情,而诗中的女主人公却只能羡慕他们。少女的青春就这样葬送在了宫中的高墙之内。再重读此诗,女主人公的不幸境遇和悲惨的命运都隐藏在诗句中,可谓是句句哀怨了。

◆ 怀古乎 惜己乎

过陈琳墓

〔唐〕温庭筠

曾于青史见遗文,今日飘蓬过此坟。

词客有灵应识我,霸才无主始怜君。

石麟埋没藏春草,铜雀荒凉对暮云。

莫怪临风倍惆怅,欲将书剑学从军。

诗题中提到的陈琳,是东汉末年著名的文学家,"建安七子"之一。他早年避难投奔冀州的割据者袁绍，官渡之战时写檄文声讨曹操，曹操读到檄文时，吓得满身大汗，本来在发头痛病，反而吓好了。袁绍失败后，陈琳被俘，曹操不计前嫌，任用他为记室，专门负责文章的起草，使其才干能充分发挥。

陈琳遇上了爱才的曹操，是幸运的。而作者温庭筠，却因为其貌不扬、世道险恶而仕途坎坷。这正是理解这首诗的关键：作者缅怀古人，又喟叹自己。

"曾于青史见遗文，今日飘蓬过此坟"，这是起兴：过去曾从史书中见过陈琳的文章，今天又在逆旅中来到了陈琳的坟前。这两句提到了陈琳，也涉及了自己。第二联则进入了全诗的高潮："词客有灵应识我，霸才无主始怜君。""词客"指陈琳，"霸才"指作者，说的是：已作古的陈琳如果有灵性应该认识我，而我有同样的才华却无人赏识。"应识我"的"应"字用得非常气派，显露了作者非比一般的傲气。"始怜君"的"怜"字含意蕴厚，作爱慕解，以烘托作者"不遇"的忧伤。作者才思敏捷，被时人称为"温八叉"，说他只要一叉手就成一句诗，一首八句律诗只要八叉手就能完成。可见作者将自己与陈琳相提并论，是很有底气的。

"石麟埋没藏春草，铜雀荒凉对暮云"，"石麟"，墓前的石雕麒麟；"铜雀"，是当年曹操建于邺城的铜雀台。这两句表面写的是景，内里却是在追思已逝的重视贤能的明主、珍视才华的时代。

"莫怪临风倍惆怅，欲将书剑学从军。"正因为同时凭吊古人，抒发自我，才引发了加倍的"惆怅"，引起了作者决意弃文就武、从军建立功勋的念头。结句虽然有些"飘离"，倒给"悲"增添了"壮"的感觉，越发使人可怜和敬重这位作者了。

◆　长笛一声　愁绪万千

长安秋望

〔唐〕赵嘏

云物凄清拂曙流，汉家宫阙动高秋。

残星几点雁横塞，长笛一声人倚楼。

紫艳半开篱菊静，红衣落尽渚莲愁。

鲈鱼正美不归去，空戴南冠学楚囚。

　　这首诗是赵嘏客居长安时所作。诗人独在异乡，见深秋凄凉景象，顿生怀乡思归之情，创作了这首诗。"云物凄清拂曙流，汉家宫阙动高秋。""云物凄清"，灰蒙蒙的云雾带有寒意；"拂曙"，有的解释为拂晓，也有的把"拂"字作动词用，指一缕曙光驱散了残留的黑暗。"汉家宫阙"，本指唐皇宫，这里兼指环境。"高秋"，指深秋。两句连起来，就是：拂晓时诗人凭栏远眺，只见曙光驱散了黑暗，飞动的云物呈现出一片凄清，高耸的宫殿楼阁染上了高爽的秋气。

　　"残星几点雁横塞，长笛一声人倚楼。""残星"，指星星很少，因为天已亮了；"雁横塞"，深秋季节，长空有飞越吴塞的北雁经过；"横"是渡、飞越。诗人骋目远望，天上挂着几颗残星。那一群群大雁正往南飞过，诗人心中感到有些哀愁，不知何处又传来一阵清亮哀怨的笛声，这种景象不禁使诗人倚楼出神。这两句是千古传诵的名句，据说杜牧十分欣赏，因此他把赵嘏称为"赵倚楼"，杜牧为此还借用过这句，写下了"倚遍江南寺寺楼"的佳句。

"紫艳半开篱菊静，红衣落尽渚莲愁。""紫艳"指竹篱间的紫菊，"红衣"指红莲花瓣。同一般登楼诗一样，诗人的眼光由远及近，天色也更明亮了，所以他看到了眼前之景。竹篱间的紫菊闲静地半开半闭，红色的莲花已脱落了美丽的衣裳，凋谢于水池中。一个"静"，一个"愁"，将眼前的景物赋以生机，景物本无情，此时都变得有情了。这个"情"同诗人的"愁"连在一起组成了"伤秋"这个主题。

最后两句："鲈鱼正美不归去，空戴南冠学楚囚。""鲈鱼"和"南冠"是两个典故。"鲈鱼"，是指西晋张翰，原为吴地人，曾在齐王司马冏处做官，秋风起，他托词想念家乡的鲈鱼、莼羹，便辞官回家，后来司马冏谋反失败，他没有受牵连。"南冠"，据《左传》载，晋侯在军府中见到钟仪，问："戴南冠被囚的人是谁？"别人回答他是"楚囚"。楚国当时属南方，所谓"南冠"即楚国人的冠饰，后人就把"南冠"作为囚犯的代称。作者感叹自己由眼前之景想到古代张翰辞官的故事，想效法陶渊明"归去来兮"却做不到，被身边的事缚住了，只有学那戴南冠的楚囚，所以他要发出感叹。

◆ 句句哀怨　字字凝血

虞美人

〔五代〕李煜

春花秋月何时了，往事知多少？

小楼昨夜又东风，故国不堪回首月明中。

雕栏玉砌应犹在，只是朱颜改。

问君能有几多愁？恰似一江春水向东流。

李煜的词作，前期大多写对宫廷豪华生活的迷恋，立意比较浅。当他丢掉了皇帝的宝座后，词的创作才有了一个飞跃。这段由皇帝变成俘虏、成为囚徒的人生经历，天堂与地狱的反差，使他不能不从醉生梦死的生活中清醒过来，面对残酷的现实。他在词里倾泻自己巨大的哀痛，《虞美人》就是其中的佳作，真可谓是句句哀怨，字字凝血。

"春花秋月何时了，往事知多少？"春花秋月这大好的时光，勾起了他多少往事，多少回忆，可是现在一切都不可能再回来了。"小楼昨夜又东风，故国不堪回首月明中。"昨天晚上我登上小楼，迎着吹拂的东风，这明月之下的故国家园，令人不堪回首。这四句是上半段，写自己面对眼前的大好景色，回忆往事。

下半段进一步通过想象写自己痛苦的心情。"雕栏玉砌应犹在，只是朱颜改。""雕栏玉砌"，指的是他曾住过的宫殿，那宫殿的栏杆都雕着花，台阶都是用汉白玉砌成，这一切都还在，可已是别人的了。这里的"朱颜"就是鲜艳的颜色，既可指那红楼绿瓦，也可以指人。亭台楼阁依旧，而人却改换了。

"问君能有几多愁？恰似一江春水向东流"，这是脍炙人口的名言。用江水东流比喻愁思不断，而自问自答又显出作者的悲怆之情。

然而这首词，竟成了李煜的绝命词。写这首词的那天，是他的生日，978年的七夕日。这天晚上他以高级俘虏的身份，邀请歌伎在寓所作乐，酒酣之后，想起故国，写了这首词。歌妓们唱起这个曲子，越唱越激动，越唱越悲哀，悲声响彻夜空。宋太宗听说之后，大为恼火，就把他毒死了。一代帝王，竟落得个不得善终的下场。作为帝王，他是不称职的；然而作为词人，他却是成功的。

◆　春天的易逝　生命的短暂

示张寺丞王校勘

〔宋〕晏殊

元巳清明假未开，小园幽径独徘徊。

春寒不定斑斑雨，宿醉难禁滟滟杯。

无可奈何花落去，似曾相识燕归来。

游梁赋客多风味，莫惜青钱万选才。

　　诗题中的张寺丞、王校勘分别指张先、王琪两人，他们是晏殊的好朋友，晏殊常常宴请他们。这首诗就是即景抒怀之作。

　　"元巳清明假未开"，"元巳清明"讲的是时节，即农历三月初三日，时间与清明节邻近；"假未开"就是说没有空闲，他身为丞相公务繁忙。"小园幽径独徘徊"，没有机会去踏青游春，只好在自家园子里独自赏玩。"徘徊"两字，流露出不能出去赏春的哀怨情绪。

　　"春寒不定斑斑雨，宿醉难禁滟滟杯"，自古以来写春雨，往往突出它的轻、细、密、柔，这里却用了"斑斑雨"，"斑斑"其实是写在春雨中早开的花随雨落下，斑斑点点，交织成了一幅奇特的花雨图景。"滟滟"本来是描写湖水荡漾，这里是说杯中酒满满的。"滟滟"与"斑斑"相对，是很新奇的。"难禁"就是还不肯停，喝了一宿的酒，都还不愿停。这可见他们之间的友谊之深了。

　　看着落花，喝着美酒，谈谈说说，作者突然感到一种莫名的烦恼袭来。"无可奈何花落去，似曾相识燕归来"，花开自有花落时，春去秋来，燕子又归，人事皆非。他深深感到生命的短暂、春天的易逝，于是伤春、惜春之情油然而生。

　　"游梁赋客多风味，莫惜青钱万选才"，这"游梁赋客""青钱万选"都是借用了典故。汉代梁孝王热爱文学，在梁园宴请当时文人司马相如、枚乘之流，"多风味"就是真有意思。唐代员外郎员半千多次称赞张荐的文辞好，就像青铜钱一样，万选万中，"青钱"就是铜钱。意思是作者看到自己老了，把希望寄予后辈，表示要对张先、王琪加以重用。这展示了作为丞相的晏殊爱才、惜才的气度和襟怀。

◆　慷慨雄放之声

渔家傲·秋思

〔宋〕范仲淹

塞下秋来风景异，衡阳雁去无留意。

四面边声连角起。

千嶂里，长烟落日孤城闭。

浊酒一杯家万里，燕然未勒归无计。

羌管悠悠霜满地。

人不寐，将军白发征夫泪。

范仲淹曾担任过陕西经略安抚副使兼延州地方官，当时他还组织过将士抗击西夏，这首词填于此时。当时有好几首，流传下来的不多。先看上阕，"塞下秋来风景异，衡阳雁去无留意"，"塞下"是指西北边地延州（今延安）一带，是当时防御西夏的军事重镇；"衡阳"在今湖南省，当地有个"回雁峰"，北雁每年都在此越冬，来年春暖才归。秋天来了，西北边塞的风景与江南不一样，大雁朝衡阳飞去，毫不留恋西北边区。可见边塞之地是如此荒凉，连鸟也要飞走。

"四面边声连角起"，是指边地山中发出的各种苍凉的声音和着军中号角一起响。"千嶂里，长烟落日孤城闭"，像屏障一样竖起的山峰叫"嶂"；"闭"指城门关上，无数山峰环绕延州，也可理解为延州被群山包围。这两句与王维的"大漠孤烟直，长河落日圆"，王之涣的"一片孤城万仞山"可以说是同一个意境。

上阕是写景，下阕便是抒情。"浊酒一杯家万里，燕然未勒归无计"，范仲淹镇守边关，远离家乡难免思乡，"燕然"亦名杭爱山，在今蒙古境内，东汉窦宪曾率军追击北单于到达燕然山，"刻石勒功"而返。一杯浊酒难消乡愁，而战争没有取得胜利难以归家。

"羌管悠悠霜满地"是写夜景，"羌管"就是一种吹奏的乐器，唐代边塞诗常提到它。羌笛发出悠悠的凄切之声，更增添了边关将士的思乡之情。所以最后两句说："人不寐，将军白发征夫泪。""将军"是指自己，由于睡不着，思路便由自己的白发想到战士的落泪，为什么呢？"燕然未勒归无计"造成的。这样作者的爱国之情和思乡之情交织在一起，构成一幅苍凉而悲壮的图画。

◆　物境　事境　心境

东溪

〔宋〕梅尧臣

行到东溪看水时，坐临孤屿发船迟。

野凫眠岸有闲意，老树着花无丑枝。

短短蒲茸齐似剪，平平沙石净于筛。

情虽不厌住不得，薄暮归来车马疲。

　　诗人为了"看水"来到东溪，面对着小小的孤岛，流连忘返，不肯"发船"。流连忘返的原因，正是他被眼前的景色深深地打动了。野鸭正悠闲地睡在岸边，开着鲜花的老树显得那么美丽动人。河边短短的小草，整齐得像剪裁过那样；河滩上的沙石，净洁、均匀、细碎得像用筛子筛过一样。

　　中间四句将"物境"与"心境"相融。看到"野凫眠岸"这一水乡春色的特征性景物，作者运用想象倾注主观感受，感慨"野凫"的"有闲意"，实则是表达诗人自己"爱闲""羡慕闲"的心境，"老树着花无丑枝"实则是作者自己"心意难老"的自我写照。这一联，自然景象清淡平远而生机盎然，从中又显露出作者恬静自得而老当益壮的心情。第二联的写景具有地域、季节特征，形象鲜明，写出了春意的融和与诗人心情的喜悦，融情于景，意境优美。

　　坐着坐着，不知不觉已黄昏，还舍不得离开，这"厌"不是厌烦，而是满足之意。"归来"了却还总觉得心里不满足。这里写了自然山水之美，使人爱之不厌，更表达了诗人羡慕野鸭子的悠闲，感到自己来到这里仿佛是老树开新花，重新激起了对生活的热爱。末句的"车马疲"，不是指游玩的疲乏，而是表达了对当时一些热衷功名、追逐钻营的世风的鄙夷。野溪虽好却"住不得"，不得不回城面对"车马疲"的现实，这多少有点无奈，也反衬了对东溪那种闲适之趣的留恋。

　　这首《东溪》把自然界的物境、人世间的事境与诗人的心境浑然融为一体，创造了一种意境美。体验它的意境，要注意从叙事写景的语句中细细品味诗人的情绪、胸怀、审美情趣等。读诗，就要善于体验诗歌的意境。

◆　超脱旷达　随缘自娱

水调歌头·明月几时有

〔宋〕苏轼

　　丙辰中秋，欢饮达旦。大醉，作此篇，兼怀子由。

明月几时有，把酒问青天。

不知天上宫阙，今夕是何年。

我欲乘风归去，又恐琼楼玉宇，高处不胜寒。

起舞弄清影，何似在人间。

转朱阁，低绮户，照无眠。

不应有恨，何事长向别时圆？

人有悲欢离合，月有阴晴圆缺，此事古难全。

但愿人长久，千里共婵娟。

看此词的小序可知，中秋节时，作者饮酒一直到天亮，喝得酩酊大醉，便写了这首词，并以此表达对弟弟子由的思念之情。苏轼，字子瞻，他的弟弟叫苏辙，字子由，所以小序中说"兼怀子由"。当时两人天各一方，在中秋月圆之时，苏轼十分思念在千里之外的兄弟。

这首词通篇写月，又通篇有人，把人和月完全融合了起来。"明月几时有，把酒问青天"，这一问排空而来，似突如其来，却反映了作者对宇宙起源的深刻思考。屈原、李白都有过这样的发问。面对一轮皎洁的月亮，举起酒杯，不禁发问：你是从什么时候开始有的？

"不知天上宫阙，今夕是何年"，紧接上句，自然而然地提出了天上到底是哪一年的疑问，似乎在向往天上的生活。诗人一生坎坷，道家的出世思想往往在他心中抬头，所以接着说："我欲乘风归去，又恐琼楼玉宇，高处不胜寒。"我想乘着风回归到天上去，但又怕天上虽有美好的宫殿，却是那么寒冷。"起舞弄清影，何似在人间"，在月宫中翩翩起舞，怎么比得上在人间呢？这就反映了作者出世与入世的矛盾心理，入世不容易，出世则更难。以上是上阕，写出了诗人由见月而问月，由问月而想到出世，却又怕月宫更不如人间。

下面由写景转入议论，"转朱阁，低绮户，照无眠"，月光渐渐转移，由室外照进窗户，照得人不能入睡。"照无眠"有两层意思：第一层，月亮照着睡不着的人；第二层，月亮照着人，使人难以入睡。月圆人不圆，看着这月亮圆了，想到自己与亲人却无法团聚，怎么能睡得着呢？

"不应有恨，何事长向别时圆"，"何事"就是为什么，为什么月亮总是在人们别离的时候才圆呢？其实这不过是自己的感觉罢了，对此，是不应有怨恨的。"人有悲欢离合，月有阴晴圆缺，此事古难全。"苏轼面对这如潮水般涌上来的思念之情，进行自我排遣、自我调节：月亮是不会总是圆的，亲人间的欢聚也不能强求，我们既不应对月圆月缺产生无谓的怅恨，同样也不应对人的悲欢离合过分烦恼、动情。

"但愿人长久，千里共婵娟"，"婵娟"本来是嫦娥的别名，现在指代月亮。这里是说只要大家都健康长寿，那么即使是相隔千里之遥，也至少能共同沐浴在这明朗的月光之中。从此词中可以见到苏轼的超脱，他并不是超然地对待这大自然的变化，而是从自然规律中寻求"随缘自娱"的生活意义，所以才能这么超脱。

◆ 写幽冷场景　抒宦游情怀

如梦令

〔宋〕秦观

遥夜沉沉如水，风紧驿亭深闭。

梦破鼠窥灯，霜送晓寒侵被。

无寐，无寐，门外马嘶人起。

　　秦观是北宋词坛上一位重要的作者，"苏门四学士"之一。他的词常以含蓄的手法，淡雅的语言，巧妙的角度来写真景、抒真情。这首《如梦令》写的是他某个夜晚在驿亭的所见所闻所感。"遥夜沉沉如水，风紧驿亭深闭"，"驿亭"是古时候传递公文的使者和来往官员休息投宿之所，一般都远离城市。长夜漫漫如水，诗人睡在门户紧闭的驿亭里，听外面一阵紧似一阵的风声。

　　"梦破鼠窥灯，霜送晓寒侵被"，不料梦被惊醒，竟看到饥饿的老鼠还在远处窥视着那盏油灯。寒气阵阵向被中袭来，方知户外霜下。"无寐，无寐，门外马嘶人起"，不能入睡，听门外驿马长嘶，人声嘈杂，新的一天的旅途跋涉又要开始了。

　　从字面上看，秦观写的正是一幅漫漫长夜，饥鼠惊梦，天寒霜降，一夜不眠到天明的情景。但赏析还不能仅满足于字面上的意思，还需多读，多咀嚼，多玩味，才能见到它的妙处。作者一上来就设了比喻，把夜比作水，"遥夜沉沉如水"，用巧妙的比喻点明了时间，第二句中一个"紧"字，一个"深"字，把作者在特定时间、特定地点里的那一份伤感凄凉的心情写了出来。

设置在荒郊野外的驿亭，本已使人感到冷寂，再加上不断呼啸的夜风，更加凸显了他的孤寂与凄凉。"梦破鼠窥灯"也写得十分传神。在驿亭寒夜尚能做上一个好梦，能让仕途坎坷的秦观忘却很多烦恼，但可恶的老鼠偷油不着反惊了他的梦。"梦破"就透出了他被惊醒的烦恼，更可恨的是这鼠既畏人又恋灯，"窥"字把鼠的惶恐、贪婪写得入木三分。这一典型细节的捕捉，使全词静中见动，动中出景。

作者除了捕捉细节外，还特别注意锤炼字词，像"窥""送""寒""侵"等字，无疑写出了诗人无眠待晓的清醒，是在熬天明。"无寐，无寐"，作者连连发出睡不着的怨愤声，一是在怨老鼠窸窸窣窣闹得他一夜无眠，另一个也是联系到他屡遭贬谪，心情沉重而抑郁，神经过敏而脆弱，可知他在怨叹自己的命运，抒发了他倦于宦游的低沉情绪。

◆　报国之心　可歌可泣

书愤

〔宋〕陆游

早岁哪知世事艰，中原北望气如山。

楼船夜雪瓜洲渡，铁马秋风大散关。

塞上长城空自许，镜中衰鬓已先斑。

出师一表真名世，千载谁堪伯仲间？

　　此诗是陆游在1186年春天写的，当时他已是六十二岁的老人，被罢官六年，闲居在家。但他内心始终想着抗金大业，多次做梦回到了抗金第一线。这天，他突然接到朝廷再次起用他的消息，兴奋不已写了这首诗。

　　"早岁哪知世事艰，中原北望气如山。楼船夜雪瓜洲渡，铁马秋风大散关"，这四句是回顾往事。早年，他为了收复故土，亲自披马上阵，辗转于中原地带。"气如山"，写出了他那气吞山河的壮志豪情。

　　"楼船夜雪瓜洲渡，铁马秋风大散关"，写了他青年时代两次值得纪念的经历。一次是他三十九岁时追随主张抗金的右丞相张浚，都督诸路人马，楼船横江，往来于建康、镇江之间，"瓜洲渡"就在建康、镇江一带。结果因张浚军在符离大败，只得南撤，诗人的愿望成了泡影。追忆往事，令人叹惋。

"铁马秋风大散关"，写的是另一次经历。他四十八岁那年，再一次从军，夜间骑马渡过渭水，袭击敌军，可惜那次也没能直捣金政权的老巢。想起这一件件往事，陆游心里充满了感慨，所以他说"塞上长城空自许，镜中衰鬓已先斑"。这里还有个典故，南朝宋文帝冤杀大将檀道济，檀道济临死时大叫："你这是破坏你自己的万里长城！"陆游年轻时就曾经把自己比作万里长城，立志要保卫祖国，可现在镜中的两鬓已斑白，壮志雄心还没实现，他深深感到惭愧。

现在朝廷终于起用他，又可以为国效力了。他年虽花甲，但不服老，所以再一次立下誓言："出师一表真名世，千载谁堪伯仲间？"《出师表》是诸葛亮的名篇，诸葛亮在出兵伐魏前写表给刘禅说："臣鞠躬尽瘁，死而后已。"陆游在接到调令的那一刻，想到的就是要学习忠心耿耿、临危效命的诸葛亮，决心把自己的名字与他排在一起。"伯仲"就是兄弟，意思是虽然我们相隔千年，但到底谁是与你排在一起的兄弟呢？这问号后面不言自明，那就是"我"。可见这种精神的可歌可泣。

◆ 曾经沧海难为水

虞美人·听雨

〔宋〕蒋捷

少年听雨歌楼上，红烛昏罗帐。

壮年听雨客舟中，江阔云低断雁叫西风。

而今听雨僧庐下，鬓已星星也。

悲欢离合总无情，一任阶前点滴到天明。

　　同样的一件事，同样的处境，不同的人会有不同的感受。一个人在不同时期，对同一个事物的看法也会不同。这首《虞美人·听雨》就写了同样的"听雨"，作者在不同年龄阶段的不同感受。

　　这首词虽然只有五十六个字，容量却很大，按照时间顺序，写了少年、壮年、老年三个不同时期的不同境况、不同生活和不同的心情。上阕在感怀已经逝去的岁月，下阕是对目前的境况发出感叹。这好像是用了电影镜头中的蒙太奇，从一幅跳到另一幅，作者只是客观描述，将画面剪辑在一起，没有一句多余的话，但这三幅画却富有暗示性和象征性，同作者的身世有关。

　　蒋捷是宋末元初人。根据史书记载，他在宋度宗咸淳十年（1274年）中进士，没过几年宋朝灭亡了。他一生在颠沛流离中，晚年结局也很凄凉。他少年得志，在歌楼上红烛映照、罗帐低垂的环境中与自己的心上人卿卿我我，一派青春欢乐的景象。可是到了壮年，却由于遭逢国家的变故，覆巢之下无完卵，不得不到处奔波。从少年到壮年，听雨的年龄变了，地点也变了，由"歌楼"变成了"客舟"。

　　客舟的特点是随波逐流，从客舟上望出去江天空阔，风疾云低，而那离群孤单的大雁不正是作者自己的影子吗？给人的印象是漂泊凄凉的。国仇家恨、一腔愁绪都寄托在"断雁叫西风"一句中了。而最妙的是最后一幅画面——一个白发老人独自在僧庐下倾听夜雨。极单调的画面，衬托出画中人物极其孤寂的心境，表现出无可奈何的情感。

　　人的一生非常短暂，作者在尝遍了悲欢离合滋味之后，又经历了江山易主的巨大反差，到了老年既埋葬了少年的欢乐，又抛却了壮年的愁恨，留下的只是四大皆空，所以作者选择听雨的地点在"僧庐下"，这里有浓重的佛教色彩。由歌楼—客舟—僧庐三个地点的变换，表现了三种不同的心境，同时透过作者一生展示了历史变迁，容量很大。

　　真如中国画"尺幅千里"一样，短短几十个字的词作能把不同境遇中人的不同心境表现得无比深刻。从另一方面看，境由心造，对同一种事物，不同的人有不同的看法。听雨如此，对待其他事物也是如此。可见，对待不同的事物，年轻人与老年人的有不同的认知，这也是必然的了。

◆ 臣心如水　正气凛然

过零丁洋

〔宋〕文天祥

辛苦遭逢起一经，干戈寥落四周星。

山河破碎风飘絮，身世浮沉雨打萍。

惶恐滩头说惶恐，零丁洋里叹零丁。

人生自古谁无死，留取丹心照汗青。

　　文天祥二十岁时中了进士第一名，就是状元，官做到右丞相兼枢密使。南宋末年元军逼近临安时，他挺身出去谈判，被无理扣押。后来脱险南逃，组织义军力图恢复失地，再次兵败被俘。在被扣、脱逃和再次被俘的过程中，他写了很多诗记录当时的经过和心情，后来编成了一本诗集叫《指南录》。"指南"的意思就是不管遇到什么情况，他的心总指着南方。他有两句诗就写道"臣心一片磁针石，不指南方不肯休"。

　　这首《过零丁洋》写于祥兴二年（1279年），文天祥被元军俘获，押送过零丁洋的时候。后来元军统帅要他写信招降在海上坚持抵抗的南宋大将张世杰，文天祥不肯写，就把这首诗拿出来给了元军。

"辛苦遭逢起一经，干戈寥落四周星"，作者面临生死关头，回忆一生，感慨万千，他首先想到两件大事，这两件大事是他最辉煌又是最影响他一生的。一件是他考中了状元，"起一经"的"经"就是指明经科。当时考状元有一门科目叫明经科，就是考明白不明白"六经"的道理。文天祥回忆当年，没有高兴，只有感慨，只是平实说，我这辛苦坎坷的遭遇都是起于这次考试。这是他人生的转折点，如果不中状元不做大官，也不会有以后的种种遭遇。

后一句"干戈寥落四周星"讲的是另一件大事。"四周星"就是四周年，四年前文天祥为了报答宋王朝知遇之恩，以全部家产充当军费，响应朝廷的"勤王"号召，即保卫朝廷，恢复大宋河山，可见文天祥一片忠心。除此之外这句诗还包含着对某些人的谴责。"干戈"是指武器，"寥落"就是稀稀拉拉，也就是说，四年前真正响应号召的人不多，有的甚至苟且偷生，屈膝投降。

这"干戈寥落"的必然结果是："山河破碎风飘絮，身世浮沉雨打萍。"他以巩固王室为己任，但眼见山河破碎，端宗赵昰在逃难中吓得病死，八岁的卫王赵昺在陆秀夫等人的拥立下，把小王朝设在崖山海中，追兵一到，随时有覆灭的可能性。大宋江山如风中柳絮，飘摇不定，而作者自己又深深感到作为亡国孤臣，有如无根的浮萍，漂泊水上无所依附。这已够惨了，还要加上"雨打"二字更显凄苦。果然，不出诗人所料，写这首诗之后二十天，陆秀夫背着八岁小皇帝投海殉国，南宋就此灭亡。

所以紧接着是五、六两句："惶恐滩头说惶恐，零丁洋里叹零丁。""惶恐滩"在江西万安，"零丁洋"在广东中山。这两个地方都是文天祥漂泊时经过的。虽说是一种巧合，但如果没有如此丰富的亲身经历和出众的艺术才华，是绝难写出这出色对子的。

以上六句，作者已把家国之恨、艰难困苦渲染到了极致，哀怨之情汇聚到了高潮。所以反而没有哀怨了，而是以磅礴的气势、高亢的格调唱出掷地有声、响当当的千古名句："人生自古谁无死，留取丹心照汗青。""汗青"就是历史，史册。这话可以说家喻户晓，它感召了后代多少志士仁人为正义事业而英勇献身。

◆　蛟龙叹失水　哀怨伴天寒

追韩信（节选）

〔元〕金仁杰

回首青山，拍拍离愁满战鞍；

举头新雁，呀呀哀怨伴天寒。

止望学龙投大海，驾天关，

划地似军骑嬴马连云栈。

且相逢，觑英雄如匹似闲，

堪恨无端四海苍生眼！

这是金仁杰的《萧何月下追韩信》第二折中的一个片段，表现的是韩信不得志时候的心情。韩信是盖世英才，但最初他的才能被埋没了。他报效项梁、项羽，却不被重用，转而投奔刘邦，也受到了轻慢，虽然有萧何等人的推荐，也只做了个小小的都尉。这一套词写的正是韩信愤然离去时的故事，这一段唱词抒发的是韩信壮志难酬、英雄失路的愤懑之情。

"回首青山，拍拍离愁满战鞍"，"拍拍"是连着击打战鞍，因为心中愤怨所以要拍马上路。这两句意思比较明白，回顾四野苍茫，满目青山，天涯流落，离愁堆满战鞍。"举头新雁，呀呀哀怨伴天寒"，"呀呀"是拟声词，是长空雁叫传来，声声刺入主人公的心坎。抬头正见一行南飞雁，声声哀鸣伴着天旷地寒。韩信触景生情，感到自己正如失群的孤雁一样，心中无限的凄凉。

"止望学龙投大海，驾天关，划地似军骑赢马连云栈。""止"，即只；"天关"，天门，天阙宫廷之意，这里指掌握重权的意思；"划地"，无端地、平白地；"赢马"，瘦弱的马；"连云栈"，指连接川陕的栈道，十分险要。这两句意思是：本指望学蛟龙投身大海，能够驾驭天关一展身手，想不到平白无故起波澜，只好骑老马孤身独行在连云栈。

"且相逢，觑英雄如匹似闲，堪恨无端四海苍生眼"，"相逢"是指与刘邦相逢。"匹似闲"就是譬如闲、等闲的意思。这几句是说：我本想到汉王那里一展宏图，想不到他把我这个英雄看作等闲之辈不加理会，恨只恨天下都是些俗人之眼，让我难以施展雄才。

这一段曲子抒情色彩很浓，写得慷慨悲凉、壮怀激烈。用王国维《人间词话》的话说就是："一切景语皆情语。""战鞍""新雁""赢马""连云栈"这些景物好像都是为了衬托韩信而设置的道具，集中展示了韩信的内心世界。

◆　英雄豪气尽　千古不胜悲

岳鄂王墓

〔元〕赵孟頫

鄂王墓上草离离，秋日荒凉石兽危。

南渡君臣轻社稷，中原父老望旌旗。

英雄已死嗟何及，天下中分遂不支。

莫向西湖歌此曲，水光山色不胜悲。

　　这是纪念岳飞诗中的代表作。"鄂王"是岳飞死以后，南宋宁宗给他追封的谥号。这首诗还是比较容易理解的，首联"鄂王墓上草离离，秋日荒凉石兽危"，"草离离"就是野草很多的意思，"石兽"是古代墓碑旁放置的镇墓之石。宋金战争已是很久之前的事，岳飞墓无人管，因而日趋荒凉，在凄凉的秋色中一片离离，连那镇墓的石兽也快要倾倒了。

　　颔联两句是说：南宋小王朝的那些官吏包括皇帝宋高宗，只管贪图享乐，把国家卖给异族，而中原——当时北方的人民却翘首盼望岳家军早日归来。"望旌旗"就是盼望国家的军队回来。

　　"英雄已死嗟何及，天下中分遂不支"，岳飞一死，悲痛、惋惜、后悔都没有什么用了，南宋王朝的偏安局面再也不能继续下去，被金人占领的土地再也无法收复了。"中分"也就是四分五裂的意思，"不支"就是不及。最后一联"莫向西湖歌此曲，水光山色不胜悲"，是由怀念英雄想到眼前：山光水色依旧，山河属异族，令人无限伤心，怎能再提起那令人悲伤的往事呢？

　　整首诗格调非常沉痛，感慨万千，情感深挚。据史载，南宋绍兴十一年，岳飞被宋高宗赵构和秦桧杀害后，葬于临安（今杭州）栖霞岭下。宋朝灭亡以后，遗民们相继作诗纪念，以表示对元朝统治不屈服的意愿，赵孟頫的这首诗被称为"压卷之作"。当时题岳飞墓的诗有上百首，没有一首超过它。

　　赵孟頫虽然在元朝出任官职，但他心底里还在怀念故国。他毕竟是汉族人，而且还是宋朝的宗室。虽然在元朝当官，但他内心非常痛苦，写过一首名为《罪出》的五言古诗，追悔自己出仕异族新朝的举动。

◆ 闭门种菜　不忘惊涛

新筑别墅于杨树浦临吴淞江

〔清〕康有为

白茅覆屋竹编墙，丈室三间小草堂。

剪取吴淞作池饮，遥吞渤海看云翔。

闭门种菜吾将老，倚槛听涛我坐忘。

夜夜潮声惊拍岸，大堤起步月如霜。

　　康有为是中国近代史上有一位了不起的革新人物。甲午战争后，他约集了各省上京赶考的读书人，发动了有名的"公车上书"，请求拒签和约，深得光绪皇帝的信任。光绪二十四年（1898年），他开始进行戊戌变法。可惜在以慈禧为首的保守派反对下，变法失败，康有为被迫逃到国外。

　　这首诗是他晚年的作品，当时他幽居上海，专心做学问，但豪情犹在。从内容上看，本诗完全是写他的隐居生活。"白茅覆屋竹编墙，丈室三间小草堂"，写他住的草屋是白茅草盖的，用竹篱笆编成的墙，三间小草堂都只有一丈多宽。

　　"剪取吴淞作池饮，遥吞渤海看云翔。""剪取吴淞"是个典故，杜甫《戏题王宰画山水图歌》里说："安得并州快剪刀，剪取吴淞半江水。"这里是说我平时喝的是吴淞江的水。"遥吞渤海看云翔"，每天站在江边看北方的天空，云起云落。

　　"闭门种菜吾将老"，借用刘备"闭门种菜"的典故，刘备因恐惧曹操猜忌，以关起门种菜来表示自己没有大志。"倚槛听涛我坐忘"，"坐忘"两个字是庄子说的，指物我两忘、淡泊无虑的精神境界。他每天倚着栏杆听着江上的涛声，忘记了自己，也忘记了大自然。

　　其实用杜甫、刘备的两个典故，正说明自己像杜甫那样忧国忧民，像刘备那样不得已而隐居。这几句隐隐透露出他没有忘记国家大事，还是在以诗圣、英雄自命。直到最后两句，诗人才把内心深处的不平和盘托出："夜夜潮声惊拍岸，大堤起步月如霜。"他虽幽居海隅，却夜夜不能入梦，每天夜里听到拍岸的潮声就心惊胆寒，终于在如霜似雪的月光下披衣走上大堤。就这样，作者把自己难以言说的心情形象地表达了出来。

志向诗

蒹葭苍苍，
白露为霜。

◆　中夜鸡鸣风雨集　立身行己终如一

风雨

《诗经·郑风》

风雨凄凄，鸡鸣喈喈。既见君子，云胡不夷？

风雨潇潇，鸡鸣胶胶。既见君子，云胡不瘳？

风雨如晦，鸡鸣不已。既见君子，云胡不喜？

　　这是一首风雨怀人的名作。"凄凄"是寒凉的意思；"喈"，读作 jiē，鸡叫声；"君子"一般是指女子对大夫的称呼；"云"是发语词，没有什么意思，《诗经》里常出现这个词；"夷"是平的意思，"云胡不夷"就是说，还有什么不平呢？

　　"潇潇"，是指雨下得大，很急，比如春雨潇潇；"胶胶"，也是鸡叫声；"瘳"音 chōu，指病愈。这两句是说，原先抑郁苦闷，如今见了君子就像病忽然痊愈。最后两句最容易解释，"风雨如晦"指昏暗如夜，"已"即止。两句的意思：这一天风雨很大，鸡叫不停，但君子来了，怎么会不高兴呢？

　　字面上看，这首诗格调比较乐观向上，但深层的意思，一般看法有两种：一种是"君子有常，虽或处乱世而仍不改其度也"，说君子不改志向；另一种看法认为"君子"是女子心中想念的恋人，因而这是一首爱情诗。

不管怎么样，这首诗对后人的影响确实非常大，而"风雨如晦，鸡鸣不已"则成了后人常用的成语。鲁迅的诗《秋夜有感》"中夜鸡鸣风雨集，起燃烟卷觉新凉"，"中夜鸡鸣"就是出自这里。根据鲁迅当时的处境，"战斗正未有穷期"，而且当时正是"风雨如晦"的日子，所以要不改志向。他一辈子做人也坚持立身行己，始终如一。

陈子展先生说："这首诗的积极意义在于鼓励人之为善不息，不改常度，造次不移，临难不夺。"如果有了这种态度，那才是真正读懂了这首诗。

◆　所谓伊人　在水一方

蒹葭

《诗经·秦风》

蒹葭苍苍，白露为霜。所谓伊人，在水一方。

溯洄从之，道阻且长。溯游从之，宛在水中央。

蒹葭萋萋，白露未晞。所谓伊人，在水之湄。

溯洄从之，道阻且跻。溯游从之，宛在水中坻。

蒹葭采采，白露未已。所谓伊人，在水之涘。

溯洄从之，道阻且右。溯游从之，宛在水中沚。

"蒹葭"就是芦苇，开花的时候，一片白茫茫，"苍"就是白。"白露为霜"，说晶莹的露珠凝结成了白霜。现在白露已成了二十四节气之一，白露之后便是霜降，"白露为霜"大约就是十月底至十一月初这个时节。杜甫《月夜忆舍弟》诗中说："露从今夜白，月是故乡明"，就是从这诗化出来的。这两句写出了秋天河边的特征，构成了一种苍茫、朦胧的氛围，给人怅惘的感受。

这种氛围与诗人后面要咏叹的情调是十分和谐的。"所谓伊人，在水一方"，这"伊人"正是作者所向往和追求的人。妙就妙在作者不说出这人是谁，也不说她在哪里，而朦朦胧胧地称之为"伊人"，就是那个人。又朦朦胧胧地说她在"水一方"，也就是水的那头，这就造成了一种距离感。美学上有个原则说美要有一定的距离，靠得太近就不美了。

"蒹葭苍苍，白露为霜"，这种描述以距离为背景，共同构成了朦胧的意象，仿佛罩在"伊人"这朵花上的一层雾，披在"伊人"头上的一袭轻纱，使读者产生一种雾里看花、水中望月的感受。对于如此美好的人儿，作者当然要追求了。"溯洄从之"，逆流而上去寻找她；"道阻且长"，道路险阻又太长；"溯游从之"，顺流而下去寻找她；"宛在水中央"，仿佛就在水中央。扑朔迷离，可遇而不可求。

下面还有两段，只换了几个字，意思基本是重复的。《诗经》里有很多这样重复的诗句。这种重复使读者在感情上产生一种循环往复、周而复始、一唱三叹的效果。

字面上来讲，这首诗吟咏的是对美人的期盼，但还是能从文字间看出，作者在借美人寄托自己对某一事物的追寻。"伊人"完全可以借代心中的理想。人类的历史是一部不断追求前进的历史，这种追求是永无止境的，永远不可能达到终极的彼岸。比如认识世界、追寻人格完美等，每前进一步都在接近这个境界，却永远无法达到。人类就是在这不断追求中经受多种苦难与欢乐，在这种追求中提高自己，完善自己，一步步向真善美这个"伊人"靠拢。如果没有这种追求，人生也就毫无生气可言，这也是《蒹葭》的魅力所在。

◆   雄浑慷慨   气壮山河

大风歌

〔汉〕刘邦

大风起兮云飞扬，

威加海内兮归故乡，

安得猛士兮守四方？

刘邦是秦末起义军领袖，雄才大略的一代帝王。他并不是诗人，这首诗却写得慷慨雄浑，气壮山河，这与当时的历史背景是密切相关的。秦王朝席卷天下，吞并八荒，统一中国之后，便横征暴敛，使民不堪命，于是群雄并起，推翻了秦王朝的统治，但也造成了"楚汉相争"的政治局面。公元前202年，项羽兵败垓下，自刎乌江，刘邦终于登上了皇帝宝座。

刘邦称帝后，大封同姓王，排斥异姓王，部属纷纷反叛。他在位七年，公元前195年，也就是他在位的最后一年，他率部击破了淮南王黥布。在归途中，到了故乡沛县，悉召故乡父老子弟饮酒作乐。他亲自写了这首《大风歌》，叫了沛中青年一百二十人，教他们一面唱歌，一面大宴，酒酣耳热时，高祖亲自高歌起舞，慷慨悲壮，唱到激动处泪如雨下，几个月后，刘邦便因病去世。《大风歌》成了一代帝王的绝唱，抒发了他的政治抱负和理想，在中国诗歌史上占有一席之地。

"大风起兮云飞扬"，大风骤起，云彩飞扬，看上去是写自然现象，其实是在回顾自己辉煌的战斗历程。刘邦十多年戎马生涯，南征北战，削平群雄，镇压反叛，军事、政治上节节胜利，正如风卷残云，横扫千军。这"大风起""云飞扬"六个字里包含了多少丰富的内容。可见，刘邦在写这一句时，是何等自负，何等感慨。

如果第一句是回顾历史，那么第二句"威加海内兮归故乡"就是写现实，写眼前。大风起的结果是自己的威望空前提高，使海内臣服，中国统一，达到了事业的顶峰。就在这顶峰时，他回到了故乡，该是多么风光得意，然而在酒宴上却泪如雨下。这是乐极之悲，乐中之悲。二十多年来，戎马倥偬，千辛万苦，现在胜利了怎么不高兴？因高兴激动而流泪，这是乐极之悲。

乐中之悲，则要看第三句"安得猛士兮守四方"了。天下虽已统一，叛逆虽已扫灭，但太子仁弱，北方匈奴强悍，同姓王内部又有隐患，而自己又老了，自然规律不可抗拒。他深感创业难，守业更不易，为了铲除后患，他心狠手辣地杀了曾经为他建立功勋的大将韩信、彭越、黥布等人，此时此刻，他身边只有萧何、曹参、周勃这样一些谋士。他希望有一大批猛士来"守四方"，保卫和巩固汉朝的基业，这就是乐中之悲，乐中的忧患。

◆ 一个弱女子无望的祈求

悲愁歌

〔汉〕刘细君

吾家嫁我兮天一方，远托异国兮乌孙王。

穹庐为室兮毡为墙，以肉为食兮酪为浆。

居常土思兮心内伤，愿为黄鹄兮归故乡。

刘细君是汉武帝刘彻的侄孙女，她父亲江都王刘建背叛朝廷而畏罪自杀。汉武帝见细君年幼聪敏，动了恻隐之心，把她养大成人。西汉时期北方的匈奴很强大，经常骚扰内地，西域诸国都害怕匈奴。汉武帝为了孤立匈奴，对西域诸国采取睦邻政策。乌孙国王昆莫有意靠拢汉朝，提出要娶汉朝的公主为妻以示友好。刘细君就作为和亲公主嫁了过去，史称乌孙公主。

"吾家嫁我兮天一方，远托异国兮乌孙王"，这两句交代了刘细君的生活遭遇。乌孙是汉代西域一个国家，大约在现在中国新疆和哈萨克斯坦一带。从长安到乌孙千里迢迢，这样远嫁的姑娘是有去无回的，一生与故乡天各一方。一个"托"字蕴含着刘细君的满腹悲愁。

远嫁的汉朝公主不少，也并非个个都命运悲惨，但刘细君确实是个不幸的女子。乌孙王昆莫已六十多岁，她才十六七岁，这种婚姻是极不和谐、无感情可言的。不久匈奴单于也把一个女儿嫁给昆莫，这个匈奴女子十分凶悍，刘细君的处境很不好。所以她用诗向汉武帝诉说自己的不幸和愿望。

"穹庐为室兮毡为墙，以肉为食兮酪为浆"，"穹庐"，指古代游牧民族的毡帐；"酪"，奶制品，这里与浆同义，指汤水。住的是毡帐，把肉当饭，把奶当汤水。她不能明说在异乡所受的委屈，只能通过说自己实在过不惯那里的生活，曲折地表达对故乡深深的眷恋，含蓄地倾诉内心的无限忧伤。

最后两句，"居常土思兮心内伤，愿为黄鹄兮归故乡"。"居常"，平时、日常；"鹄"，一种类似鹤的大鸟，飞得极高，羽毛苍黄，故称黄鹄。她非常明白地表示自己日夜思念故土，祈求汉武帝召她回长安，常常幻想自己能像黄鹄一样远走高飞，离开乌孙。

然而她的愿望却不可能实现。恩格斯在《家庭、私有制和国家的起源》中说："对于王公本身，结婚是一种政治行为，是一种借新的联姻来扩大自己势力的机会。"乌孙王和汉武帝都是出于这样的动机。有历史学家曾借王昭君的事说，和亲政策总比战争政策好，对国家安定、社会发展有一定的积极作用。所以像刘细君这样的弱女子，她所作出的牺牲，实在是出于历史的无奈，她的不幸遭遇确实令人叹惜。据《汉书》记载，昆莫死后，按照乌孙人的习俗，她又嫁给了昆莫的孙子，此人十分粗暴蛮横，刘细君同他生了一个女儿，不到两年就忧郁而死。她第二次结婚也是汉武帝命她"随其国俗"的。

汉武帝对刘细君也并非不怜惜，曾多次派使者带着许多礼物慰问过她。传说他还写过一首诗给刘细君。"弱女去国兮嫁远方，和亲乌孙兮为汉邦。黄沙万里兮秋风凉，胡俗不堪兮朕惆怅。细君细君兮忍忧伤，匈奴灭时兮尔还乡。"当然，这或许是有人伪托汉武帝之名，对刘细君寄以深切的同情。不过从中也可以看出，汉武帝还不是一个毫无感情的人。

◆ 以乐视哀　婉曲奇思

涉江采芙蓉

《古诗十九首》

涉江采芙蓉，兰泽多芳草。

采之欲遗谁，所思在远道。

还顾望旧乡，长路漫浩浩。

同心而离居，忧伤以终老。

　　《古诗十九首》的作者大多生活在动乱的年代，为了生计前途而奔波；他们尝尽了分离之苦，所以所写的大多是一些思妇旷夫的作品。这是一首写游子思乡的诗，描写了一名远游在外、深切眷恋家乡亲人的男子忧郁、惆怅的情感，很打动人心。

　　起首两句写这男子出游江边河畔，采撷花草。"芙蓉"就是荷花，"兰"指的是香兰，一种香味馥郁的草。在江边河畔欣赏和抚弄花草，是很愉快的事。古人有采芳相赠对方，以此定情的风俗。这男子去野外散心，原想排遣心中的相思之情，不料面对良辰美景，却勾起了他欲罢不能的愁绪，回首遥望，家乡安在，亲人可好？路途迢迢，关山阻隔造成交通不便，回家探望又谈何容易？还有更重要的一层原因，那就是身不由己。

他也许是为谋生，也许是为了赶考，或者是被贬职而流落在此。然而思念家乡和亲人的情绪却是解不开的，所以就令人觉得惆怅与忧伤，平添了烦恼，也更加重了相思之情。

"同心而离居，忧伤以终老"，这是对不合理社会的一种控诉：我们虽心心相印，却只能远远地分离，将在忧伤中渐渐老去。"同心而离居"是耐人咀嚼和品味的，这男子身不由己，忧伤的根源全在于此。如果说开头两句是起兴手法，那么这最后两句是直抒胸臆了。

有人说前面四句是写女人思念她的丈夫，在荷塘里采莲时，想到自己的丈夫在"远道"，即使要送他一点东西都不可能。而后四句才是游子在外的叹惜，说要回到故乡，回到妻子身边，而路途漫长，终于发出了动人心魄的哀怨之声。古诗往往有多种解释，只要能自圆其说，言之有据，不必拘泥于一种说法。

◆　有声有色　意在画外

青青河畔草

《古诗十九首》

青青河畔草，郁郁园中柳。
盈盈楼上女，皎皎当窗牖。

　　娥娥红粉妆，纤纤出素手。

　　昔为倡家女，今为荡子妇。

　　荡子行不归，空床难独守。

　　这首诗用了很多叠字："青青""郁郁""盈盈""皎皎""娥娥""纤纤"。听来节奏舒缓，音韵婉转。这些叠字不但音节美，而且有一种形象美："青青"写生机勃勃的河边草，"郁郁"写千条万条的柳枝，"盈盈"写轻盈、丰满的体态，"皎皎"形容肌肤的雪白，"娥娥"写出了化妆的得体，"纤纤"写出手的纤细。寥寥十二个字就把春天的美好，女主人公的光彩照人形象地表现了出来。

　　这些事物都是独立的，但合起来看却有一种画面感，仿佛是一组电影镜头。镜头从河边换到园中，再转到楼上，然后越推越近，最后是女主人公的脸和手的特写。诗人正是运用这种视觉形象的剪辑，把青青草，郁郁柳，盈盈女，直到纤纤手，组接成一个完美的整体。看着这个形象，读者不禁要问：她是什么人？为什么要浓妆艳抹，独自登楼？下面四句，就回答了这个问题。

　　"倡家"，这里是指出身在卖艺的人家；"荡子"，指浪迹天涯的游子。她原来是一个歌女，嫁给了浪迹天涯的游子。丈夫外出久久不归，在这春风骀荡的大好时光，更是思念丈夫，盼他归来。春光越美，人越美，就越发衬出她内心的孤独和寂寞。

　　通过环境、外表与内心的强烈反差，可以看出女主人公的痛苦。而作者也正是通过对这个女子命运的同情，发泄对当时社会现实的不满。当时的东汉，政治黑暗，一方面卖官鬻爵，一方面是大批中下层知识分子背井离乡，外出求官求职，于是出现了风靡一时的宦游现象。《青青河畔草》这首诗，正是从思妇这个角度，折射出畸形社会对人性的摧残。

◆　博大壮丽　浑然天成

观沧海

〔汉〕曹操

东临碣石，以观沧海。

水何澹澹，山岛竦峙。

树木丛生，百草丰茂。

秋风萧瑟，洪波涌起。

日月之行，若出其中。

星汉灿烂，若出其里。

幸甚至哉，歌以咏志。

这首诗写自曹操征伐乌桓得胜之后。乌桓自汉以来一直是北方大患，这次大胜，巩固了后方，接着就要南下攻打东吴，实现他统一天下的大愿。正是在踌躇满志，生命力洋溢，前程无可限量之时，曹操登上了碣石山。这碣石山当年秦始皇、汉武帝都登临过。这时他登上碣石山，想到秦皇、汉武的大业，胸中豪情满怀。

整首诗勾勒出了大海吞吐日月、包蕴万千的壮丽景象。"水何澹澹，山岛竦峙""树木丛生，百草丰茂""秋风萧瑟，洪波涌起"都是作者看到的眼前之景。"澹澹"就是摇荡起伏的意思。曹操登上碣石山，首先看到的是大海的摇荡起伏，海上岛屿在这动荡的大海中坚定地耸立着。远远看去还有那岛上的树木百草正显出盎然生机。秋风吹过，大海更是掀起万丈狂澜，似乎有无穷的力量要向外宣泄。动荡的大海、坚定的山岛、丰茂的草木，形成强烈的动静刚柔反差，展示出一个博大壮丽的画面。

除开眼前的景象，作者还展开了想象。"日月之行，若出其中。星汉灿烂，若出其里。"太阳月亮东升西落，似乎始终没有离开过大海的怀抱；天上的银河灿烂辉煌，也如同发源于海底。这是作者在想象大海有包容宇宙的博大。在这种包容万千的景象中，也寄托了作者自己博大的胸襟、远大的抱负。透过大海，仿佛能看到一位了不起的政治家、军事家的形象，体会到他的胸襟抱负。

最后两句"幸甚至哉，歌以咏志"，与内容无关，因为这首诗是属于乐府诗，乐府诗可以配乐歌唱，这两句就是为配乐加上去的。

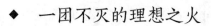

◆　一团不灭的理想之火

读《山海经》(其十)

〔晋〕陶渊明

精卫衔微木，将以填沧海。

刑天舞干戚，猛志固常在。

同物既无虑，化去不复悔。

徒设在昔心，良辰讵可待。

　　陶渊明的诗文平淡自然，清新高远，语言素朴，寓意隽永，在中国文学史上独树一帜，自成大家。他自称"性本爱丘山"，作品多为寄情山水田园，这是他自己的理想不能实现，对当时社会强烈不满的独特反映。表面上看似超凡脱俗，悠然静穆，而他内心深处却始终燃烧着一团理想之火。这可以从他的一些诗作，如《咏荆轲》《读〈山海经〉》等可以看得出来。

　　《山海经》是一本古代地理著作，内容主要是记载民间传说中的地理知识，该书涉及面很广，还保存了许多远古时代的神话传说。"精卫衔微木，将以填沧海"，这两句引用了精卫填海的故事。故事主要说炎帝的小女儿到东海游玩，被淹死了。死后化为精卫鸟，决心以微薄之力填平沧海。于是它昼夜不停地衔草叼石，直到累得吐血而亡。精卫鸟成了心存一念、不屈不挠精神的象征。

"刑天舞干戚，猛志固常在"，这两句又是一个神话典故。刑天是一个失败了的英雄。传说他和黄帝争夺上帝之位，在战斗中被砍去了头颅，黄帝为使他不再复活，把他的头埋葬于常羊山。但刑天的躯体不倒，以两个乳房当眼睛，肚脐为口，继续挥舞手中的干和戚，也就是盾牌和斧头，奋战不已。"猛志固常在"就是赞颂他这种威武勇猛、志气不灭的英雄气概。

精卫、刑天虽败犹荣，第五、六句进一步颂扬他们不屈的精神。"同物既无虑，化去不复悔"，是说他们根本不考虑生命会化为尘物，至死也不改变既定的志向。诗句充满了慷慨激昂的阳刚之气，令人热血沸腾。

末了两句既是说精卫、刑天，也是在说自己。"徒设"，就是空有；"良辰"，即好时机；"讵"当岂、怎么讲。虽然有往日的雄心壮志，却一直没有实现理想的大好时机。陶渊明用精卫、刑天"壮志未酬身先死"的事迹，感叹自己虽有报国之志，却始终未能如愿的心情。他那"不为五斗米折腰"的不屈意志，与精卫、刑天的生命不息、战斗不止的精神产生了强烈的共鸣。

陶渊明的作品虽然流露了消极避世的思想感情，但也有积极参与现实的进取精神。片面地去理解他的"平淡""悠然"是不正确的。清末诗人龚自珍的《舟中读陶》诗中有两句话："莫信诗人竟平淡，二分《梁甫》一分《骚》。"这是说陶渊明既有诸葛亮身居茅庐，闻名天下的壮志，也有屈原忠于信念，忧国忧民的意识。这是中国正直的知识分子的传统美德。鲁迅先生亦说："陶潜正因为并非浑身是'静穆'，所以他伟大。"

◆　归田园居的乐趣

饮酒

〔晋〕陶渊明

结庐在人境，而无车马喧。

问君何能尔？心远地自偏。

采菊东篱下，悠然见南山。

山气日夕佳，飞鸟相与还。

此中有真意，欲辨已忘言。

陶渊明生活在动乱的东晋时代，为了生活曾出去做了八十一天的彭泽令——一个小官。但他本性爱自然，终于不愿为五斗米折腰，回到了家乡。这首诗就写他回到家乡之后的感受。

"结庐在人境，而无车马喧"，生活在人多的地方，却没有车马喧闹，这不是真的没有，是没有感觉到。接下来就回答了感觉不到的原因："问君何能尔，心远地自偏"。"心远"用现在的话讲就是精神超脱世俗。精神超脱了，那么自然会感到住的地方很僻静了。作者在这里指出，是否感到安静，不在于所居住的地方，关键是要"心远"——精神超凡脱俗。

　　"采菊东篱下，悠然见南山"，是这首诗的名句。它的好处在于意境的创设与人物精神的刻画。如果说"采花校园里，悠然见蓝天"，那就只是机械地模仿，没有意境；而"采菊东篱下，悠然见南山"，恰恰写出了陶渊明对一切无所关心的心态。

　　这句诗的关键还在于"采"与"见"。作者闲来无事到东篱下去，随意采了朵菊花，然后抬起头来见到了南山。这里不用"看南山""望南山"，说明不是他主动去看的，而是南山自然地进入他的眼帘，不是他在看南山，而是南山在看他。这就把陶渊明悠闲、超脱的神情刻画了出来。

　　"山气日夕佳，飞鸟相与还"，山上的气象、景致到了傍晚更好看了，鸟儿成群结队地飞回来。看到这景象，突然得到一种感悟，"此中有真意，欲辨已忘言"。看着此情此景，想到这里面包含人生的真义，要想说出来，却忘了怎样用语言来表达。他要说的真意，或许是回归田园的乐趣，也或许是"归"的本质，但是一切都隐藏在诗意背后，由人们去评说了。

◆　委婉而坚定　辞浅而意深

诏问山中何所有赋诗以答

〔南朝·齐〕陶弘景

山中何所有，岭上多白云。

只可自怡悦，不堪持寄君。

　　陶弘景是南朝齐梁时期的人，当时天下不安定，接连不断地改朝换代，战乱纷纷，有识之士就隐居起来。陶弘景就隐居在江苏句容山中修道，他是一位道家的思想家，深明道家精髓，梁武帝就去聘请他出山。诗题中的"诏问"就相当于聘书了。陶弘景就作了这么一首诗来回梁武帝的诏任。

　　第一句话是引用诏问中的句子"山中何所有"。皇帝问他山中有什么，意思是有什么值得留恋的。作者回答"岭上多白云"，即山中没有什么，只有白云飘飘。这既是写实，又表明了他的看法：我不追求什么，我就喜欢这清风白云。这里作者也有自比白云之意，自由自在，来去无踪，无拘无束。

　　"只可自怡悦，不堪持寄君"，这两句更妙了。我这朵白云，只能在山上自我陶醉，怎么能拿来寄给你呢！谁也不能把白云寄到京都，这就是表示拒绝了梁武帝的诏请，但语气又很委婉。短短四句诗就炒了皇帝的"鱿鱼"。

　　当然，陶弘景也并非不留恋世间的一切，道家是主张形如槁木、心如死灰的，可他的内心却也还充满着感情，不过被压抑着罢了。他有一首《和约法师临友人》，就写出了心中的苦痛。有一次，他的一个好朋友死了，他心头的痛苦再也压抑不住，他写道："我有数行泪，不落十余年。今日为君尽，并洒秋风前。"

　　他明明白白地承认"我有数行泪"，也就是有七情六欲，是有血有肉的人，可是他确实忍了十多年。当他面对挚友亡故，终于忍不住了。他在哭他的朋友，更是哭他自己。借这个机会，要把眼泪哭尽，"并"就是一起，一起洒在萧瑟的秋风中。这里面还包含着多少深意，可是他没有说出来，真可谓辞浅而意深。

◆ 规矩在手　自成方圆

山中与幽人对酌

〔唐〕李白

两人对酌山花开，一杯一杯复一杯。

我醉欲眠卿且去，明朝有意抱琴来。

　　山花盛开的季节，李白在"别有天地非人间"的山中，跟一个意气相投的"幽人"对酌。这个"幽人"就是隐居在山上的高士。两人可谓情投意合，情如意，境如意，人如意。酒逢知己千杯少，于是一杯接一杯，开怀畅饮了。"一杯复一杯"，不仅写出了酒的量多，而且还写出喝的速度快。从这七个字里就可以想象到这位豪放不羁的诗仙痛饮狂歌的神态。

　　"我醉欲眠卿且去"，无论多么好的酒量，到底也抵挡不住这一杯一杯复一杯的痛饮，终于，诗人酩酊大醉了。虽然醉了还保留着一丝的清醒，他还能对朋友直言：我醉了，要睡了，你回去吧。可酒仙到底是酒仙，即使醉了，劝友人回去，但酒兴还未尽，还在醉眼朦胧地招呼朋友"明朝有意抱琴来"，明天你如果还想再来时，别忘带琴来。这种超凡脱俗的狂士与幽人之间坦荡无间的感情，随心所欲、恣情纵饮的神情，挥之则去、招之即来的不拘礼节的关系，一切都跃然纸上了。

这首诗还有一个特点，就是口语化。不顾平仄声律，却词采飞扬，虽豪放却仍波澜起伏。由对饮到狂饮，由狂饮到醉倒，然后一转，由醉倒到明天还要狂饮。真是淋漓酣畅，看上去是信口而成，无意于工而无不工，这样的诗也只有李白写得出。所以有人说别人的诗是"不以规矩，不成方圆"，李白的诗是"规矩在手，自成方圆"。他的诗不用规矩而守规矩，他写出来的就是规矩。

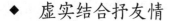

◆　虚实结合抒友情

舟中读元九诗

〔唐〕白居易

把君诗卷灯前读，诗尽灯残天未明。

眼痛灭灯犹暗坐，逆风吹浪打船声。

唐宪宗元和十年（815年），对于白居易和元稹这两位诗人来说，是一个特别不幸的年头。这年三月，元稹因为得罪了权贵被贬做通州（今四川省达州市）司马。不出几个月白居易又因为上书言事，得罪权贵，被逐出长安，贬做江州（今江西省九江市）司马。江州离长安很远，一路上又要骑马，又要乘船，此诗就是在一个深秋的夜晚，诗人乘船驶向九江时所作的。

　　诗人被逐出长安，感慨万千，心中肯定充满了凄凉与愤懑。此时单独捧出了好友元稹的诗卷，可见精神上的友谊才能慰藉诗人长途奔波、苦闷凄凉的心灵。"诗尽灯残天未明"，诗人读了个通宵，一直读到灯残油尽还未罢手。

　　诗的第三句"眼痛灭灯犹暗坐"，自己读到眼睛也痛了，灯也从"残"到"灭"了，在这黎明前的黑暗，秋天最凄清最难挨的时辰，诗人却"犹暗坐"。一个"犹"字十分有力，写出了一种和常人不同的心情和动作：久久地在黑暗中静坐着。也许此时诗人还深深地沉浸在好朋友所作的诗篇的意境中间，也许诗人从作品想到友人，想到友人和自己共同的遭遇……

　　然而诗人没有接着写黑暗中怎么痛苦，怎么凄凉，怎么寂寞，一是很难用七个字说清这么复杂的情绪，一是太平铺直叙，反而少了诗歌的意境。诗人改换了角度，宕开一笔，凝练而有力地写下了结尾："逆风吹浪打船声。"

　　原来写"暗坐"，是从视觉着眼，后来写"打船声"，是从听觉着手。原来是写自己，后来换成写客观景物了。这句既是实写，是诗人暗中独坐，什么也看不到，因而听觉格外敏锐的结果；又是虚写，"逆风"、大浪显然寓有处境恶劣、前途莫测的象征意味，它把诗人怀念朋友、阅读朋友诗卷所激发而来的千思百虑融入耳畔的阵阵风浪之中。真是内外一致、虚实结合的佳句。

◆ 长亭送别　一唱三叹

秋日赴阙题潼关驿楼

〔唐〕许浑

红叶晚萧萧，长亭酒一瓢。

残云归太华，疏雨过中条。

树色随关迥，河声入海遥。

帝乡明日到，犹自梦渔樵。

这首五律写得很好，有人称之为许浑诗集中的"压卷之作"。诗题中，"阙"指当时的首都长安，"潼关"则在今陕西省境内，是由洛阳入长安的必由之路。这时许浑准备到京城里去求功名，此诗是在潼关某一旅站中所作。

开首诗句就很美："红叶晚萧萧，长亭酒一瓢"，枫叶经霜打会变红，所以也称"霜叶"，杜牧就有"霜叶红于二月花"之句。"红叶"，点出时间为秋天；"长亭"，是古人送别之处。秋风萧瑟，红叶飘飘，长途寂寞，唯有借酒消愁。此句表现了游子心情，带有一丝萧瑟的味道。

下面四句是描绘眼前之景。"太华"是潼关西的太华山，"中条"是潼关东北的中条山。"迥"和"遥"都是遥远的意思。太华山头残云飞渡，中条山上秋雨潇潇。极目望去，苍苍树色，随着山色越来越远，而奔腾不息的黄河流向遥远的东海，景象十分开阔。

诗人此时独立驿楼，极目远眺，心潮起伏，也如黄河之水一刻不得平静，想到明日要到京城求取功名，结果如何不得而知，又想到故乡山水令人留恋，所以他在最后两句说："帝乡明日到，犹自梦渔樵。"

"帝乡"也就是诗名中的"阙"，代指长安。当时读书人要求取功名必须到京城里去参加考试，许浑就是在唐文宗大和六年（832年）中的进士。"渔樵"是指捕鱼砍柴，比喻归隐生活，古时文人常以"渔樵"比喻归隐。这两句表现了诗人一种出仕与归隐的矛盾心态，其实这也是中国古代许多士大夫终身困扰的问题：一方面向往建功立业求取富贵，一方面又想过自由自在的隐居生活。

◆　一首"读不懂"的绝妙好诗

锦瑟

〔唐〕李商隐

锦瑟无端五十弦，一弦一柱思华年。

庄生晓梦迷蝴蝶，望帝春心托杜鹃。

沧海月明珠有泪，蓝田日暖玉生烟。

此情可待成追忆，只是当时已惘然。

　　李商隐的诗想象、联想奇特，用语用典浓丽奇诡，往往难以理解。这首诗更是中国古代诗歌中最难读懂的一首之一。从唐朝以后，不知有多少人为了读懂这首诗而绞尽脑汁，又有多少人为了证明自己的理解正确而打笔墨官司，直到今天，这场官司也无法定论。

　　有的说这诗是为了悼念死去的妻子；有的说是表现音乐的一种境界；有的说是自述诗歌创作的；有的说是感叹自己的身世的；有的甚至说诗什么也没写，只是写一种心灵的感觉。然而，无论哪一种意见都一致认为，这是一首了不起的好诗，具有神奇的艺术魅力。

　　好的诗歌好比一个空筐，你可以把自己的情感装到里面去，从而得到深深的共鸣和满足。就像阴阳八卦，只有两个符号，很多人并没有真正懂它的最早含义，但不管谁，不管遇到什么事，都可以套上去，从中寻求解决问题的办法。《锦瑟》这首诗就是一只空筐，人们可以把各种感受填进去。

　　从开头和结尾两句中的"思华年""成追忆""当时"可以看出，作者似乎是在追忆着什么。这四句形成了一个筐，里面就是追忆的内容。追忆的内容不得而知，但是它构成了一个又一个的意象。

　　"庄生晓梦迷蝴蝶"是《庄子》里的一个典故。讲庄子做了个美梦，梦见自己变成了蝴蝶。但醒来后发现自己还是庄子，他就问自己，到底是庄子变成了蝴蝶呢，还是蝴蝶变成了庄子？人生即幻梦，幻梦即人生。我们可以把这句概括为两个字，"幻梦"。

　　"望帝春心托杜鹃"，也是用了一个典故。传说周朝末年有一个君主叫杜宇，号望帝，是个好君王。后来被人害死，国家也灭亡了，他不甘心，死后化作杜鹃鸟，每当暮春时节就苦苦地啼鸣，叫到口里出血。可见望帝并不甘心，而把心愿寄托给杜鹃。这句诗中关键是一个"托"字，如果说前面"迷蝴蝶"的"迷"是非意志的行为，是一个梦幻，那么这句便是执着的追求。我们也可以用两个字概括，叫"寄托"。

"沧海月明珠有泪"，这句诗里有四个意象："大海""明月""珍珠""眼泪"，每个意象都可以引起无穷的联想，都有多种美好的传说，但最关键的一个词是"泪"，在大海边，在明月夜，闪烁着珍珠般的眼泪，美好而又悲哀。这种悲哀，可以推断为失意而引起的。可以再用一个词概括这句诗，叫"失落"。

"蓝田日暖玉生烟"，"蓝田"在陕西省，据说那里产美玉；"日暖"就是太阳暖融融；"烟"，是形容美玉放出光的朦朦胧胧的形态。整句意思可以理解为蓝田的美玉在阳光照射下，闪烁着迷人光彩。这一句把美玉写绝了，美玉不追求什么却自然而然地发出光辉，作者不正想通过这个意象说出难以表达的一个意念"无为"吗？

这样，我们就可以把这四句诗按抽象的意义概括为四个词：幻梦—寄托—失落—无为。这四个词，是层层递进关系。没有幻梦就没有其余三项，寄托只是从幻梦中醒来后的自我追求，把梦想的愿望，寄托在某种现实的自我行为上。同样，有了寄托，有了追求，才会有悲哀失落，仅仅是幻梦的消失，还不足够，只有追求的失去，才会感到意志受挫后的痛苦。

一个人要达到"无为"的境界也是不容易的，当意志受挫后人们往往万念俱灰，当连这种受挫的痛苦都消失时，便进入了老子那种心平气和所谓的"无为"境地。这"无为"不是无所作为，它是一种对世界彻底理解的境界，是一种顺其自然的行为。无为境界不会直接产生，幻梦消失之后，也不会紧接着寄托和追求出现，它一定产生于痛苦情感平息之后。

　　可见，诗人写的是一种人生的感悟。这种感悟抽象出来后，我们就可以把各人的不同心事、经历和它联系起来。比如爱情。少年时代情爱刚刚觉醒之际，对异性的爱是带有梦幻色彩的，随着对象化程度提高，幻梦渐渐消失，爱情便渐渐专注到一个具体对象上了，这就会要死要活热烈地追求。在对方身上寄托着自己的情感和愿望，但到最后或因失恋或因对方的消失，比如分离、死去，希望也就破灭，悲剧便会产生，这就是"失落"。当痛苦渐渐消失，情绪渐渐平寂，也就进入了老子所说的"心为死灰"的阶段。

　　人生从少年、青年、中年到老年，往往会经历这样一个"幻梦—追求—失落—无为"的过程。也许整个人类文明史、地球发展史也如此。科学家说，今天地球正处在壮年阶段，最终要走向毁灭的。几乎任何事物的发展都会有类似的经历，只是要达到"玉生烟"这一阶段都不容易。

　　再回过头来看最后两句："此情可待成追忆，只是当时已惘然"，就更妙了。字面的意思是"这些事今天只剩下回忆了，不过当时却不明白"。无论什么事情，在做的时候，自己都是不明白的、迷惘的、盲目的，今天要死要活地追求，也许只是一场梦幻。可是到了事情过去了，追忆起来倒反而清楚了。

◆　曲笔传情　引人入胜

十五夜望月

〔唐〕王建

中庭地白树栖鸦，冷露无声湿桂花。

今夜月明人尽望，不知秋思落谁家？

古人写诗论诗，非常看重一个"曲"字，就是说要写得曲折多变，引人入胜，这好像逛公园，人们最喜欢的是曲径通幽、掩映多姿的景观，倘若进了公园大门就一眼望到底，那就是一览无余，没有情趣可言了。王建的这首诗，就是运用曲笔，取得引人入胜的艺术效果的。

前两句诗一共写了庭院、树木、乌鸦、露水、桂花五种意象。除此之外，还有中秋之夜格外明亮的月光。这五种意象，只有在月光的笼罩下才能构成一个完整的意境，产生一种清冷的氛围。

"中庭地白树栖鸦"，中秋之夜的月光特别皎洁明亮，把庭院的地面照成一片白色，就像铺上一层浓霜似的。这与李白的"床前明月光，疑是地上霜"的所写的十分相似。"树栖鸦"，说明夜深月明，庭院中分外安静，连乌鸦也不再担心有外来的东西趁着月色干扰它们。这真是一幅月色如水、万籁俱寂的清冷之画。

"冷露无声湿桂花"，夜深了，露水越来越浓了，正慢慢地无声无息地沾湿着庭院中的桂花树。这番景象虽然"无声"，不能诉诸听觉，却"有形"，可以诉诸视觉。诗人披着月色，在庭院中徘徊，忽然发现桂花树上闪烁着晶莹露珠，不由得凝神细看。

这两句诗虽然没有正面写月光，却用了"曲笔"的手法，等于处处在写月光。后两句则包括了一个很大的转折。如果说前面两句是侧面写月亮，第三句就是正面写月亮了；如果说前面两句主要是写景，那后两句就是直抒感情了。不过，诗人的抒情和一般的写法不同，他又一次巧妙地用了"曲笔"。

夜已经很深了，连平时叫个不停的乌鸦都在树上栖息了，桂花树也已沾满了露珠，可是诗人却伫立院中，仰望月亮，不肯睡觉，他在想一个问题："今夜月明人尽望，不知秋思落谁家？"明明是诗人自己满怀秋思，想念家人，却说成不知秋月落在谁的一边，诗人仿佛置于被动的地位，不也同样用了"曲笔"？读完全诗，可以发觉那茫茫的秋思就像无边的月色一样洒落下来，谁都挡不住，这种曲折而更进一层的写法，是很深刻的。

◆　**春梦短暂　忧国情长**

午枕

〔宋〕王安石

百年春梦去悠悠，不复吹箫向此留。

野草自花还自落，鸣鸠相乳亦相酬。

旧蹊埋没开新径，朱户欹斜见画楼。

欲把一杯无伴侣，眼看兴废使人愁。

通读这八句诗，可以看到真正写午睡入梦的仅是头两句，其余六句皆为梦醒后的所思所感。"百年春梦去悠悠"，午睡的时间不长，但梦中却像是经历百年之久，"去悠悠"三字表明了他对梦境的惋惜之情。

王安石一生从政，致力变法，但宋神宗去世后，新法被全部废除，王安石内心十分痛苦。这次午睡即在这个时期，可以猜测他梦中可能又梦见了如何实施新法的情景，但醒来却知是春梦一场，怎不叫他感叹惋惜！

"不复吹箫向此留"，"吹箫"用的是《列仙传》中的典故，说有个神仙曾吹箫跨凤飞上天，这里泛指神仙的道术。这句是说我没有神仙的道术可以留在梦境之中，进一步说对午睡春梦的留恋。这两句开篇叙事点题，意在借梦境述怀。

"野草自花还自落"，自然界里花开花落，自然更迭。"鸣鸠相乳亦相酬"，鸠鸟喂养幼雏鸟，幼雏鸟长大之后衔食反哺其母，这叫"相乳相酬"。从对梦境的留恋转而写到自然界花开花落有规律，鸟类相乳相酬的繁衍，这之间似乎关联不大，可却是有深意的。作者意在指出，自然界一切都是生机勃发的，这是因为它们都遵循着新陈代谢的规律，这是不可逆转的。

"旧蹊埋没开新径，朱户欹斜见画楼。"前句是说旧的小路如被埋没了，就必须开辟一条新的路来走，透过字面，他告诉读者一个深刻而朴素的道理：旧事物必然会被新事物所代替。后一句也是这样。"朱户"，古指门上加朱，多指贵族宅第。此句是说，朱户如破败倾斜了，人们还会造起更漂亮的画楼。王安石的意思是说这种兴废迭代也势所必然，不可违背。

王安石从自然界的新陈代谢写到人类社会的兴废迭代，是为了说明：我的新法是有生命力的，这正如自然界的规律不可违背，社会中的兴废迭代皆有序一样。可见以上几句看起来句句是在写景，实际上句句是在说理。景与理的结合，既表现了诗人的冷静，又表现了诗人善于在逆境中用哲理来激励自己，对新法永不失去信念。

"欲把一杯无伴侣，眼看兴废使人愁"，诗人举杯独饮无一人相伴，眼看废的是他的新法，怎能不让他哀愁。其实他的愁绪一直深埋心中，这从"百年春梦去悠悠"即可看出，只不过到末句他坦言罢了。尽管这样，这首诗总的基调不消沉，他从大自然和人世中汲取力量，自勉自励，并形成哲理借以排遣眼前的兴废之愁。

◆　瑰丽的想象

念奴娇·过洞庭

〔宋〕张孝祥

洞庭青草，近中秋，更无一点风色。

玉鉴琼田三万顷，着我扁舟一叶。

素月分辉，明河共影，表里俱澄澈。

悠然心会，妙处难与君说。

应念岭表经年，孤光自照，肝胆皆冰雪。

短发萧骚襟袖冷，稳泛沧溟空阔。

尽挹西江，细斟北斗，万象为宾客。

扣舷独啸，不知今夕何夕。

张孝祥是南宋有名的爱国词人。宋孝宗乾道二年（1166年），张孝祥在广南为官时被小人谗言中伤，罢官后，由桂林北归，这首词就是途经洞庭湖时所作。

"洞庭青草，近中秋，更无一点风色。""洞庭"是洞庭湖，"青草"也是湖名，在湖南岳阳县西南，两湖相通。这三句是说：洞庭湖、青草湖在近中秋的日子里风平浪静，一片静谧。

"玉鉴琼田三万顷，着我扁舟一叶"，"玉鉴琼田"，亦作"玉界琼田"，形容月光下的三万顷洞庭湖一片澄清，如同美玉雕琢、晶莹空阔的境界，"玉鉴"就是玉镜；"三万顷"形容湖面开阔，月光下湖平如镜；"着"是附着、荡着的意思。这句是说宽阔如镜子一般的湖面上只有我乘着一叶扁舟。好像人化成自然界的一部分，有种天人合一、物我两忘的感觉。

"素月分辉，明河共影，表里俱澄澈"，"明河"指天河，也就是银河；"分辉"和"共影"的意思是一样的，都是照耀；"表里"即里外，上下。这几句是说：月亮、银河把它们的光辉泻入湖中，湖光粼粼照映着星河的倒影，此时天地苍穹之间一片空明澄澈，连人的"表里"也被照得一片澄澈。所以词人得意地说："悠然心会，妙处难与君说。""悠然"，是闲适的样子。这种境界非亲临者难以体会。

再看下阕："应念岭表经年，孤光自照，肝胆皆冰雪。""岭表"指五岭以南，今广东、广西地区；"经年"，过了一年，这是指作者担任广南西路经略安抚使一事；"孤光"，指月光；"冰雪"，指心地澄洁，唐代诗人王昌龄有"一片冰心在玉壶"诗句。这是词人回到现实中来，回想这一年仕途生涯，自己所做一切光明磊落，肝胆如冰雪，晶莹无瑕，然而这"一片冰心"无人知晓，只有让月光来照澈我的肺腑。

"短发萧骚襟袖冷，稳泛沧溟空阔"，"萧骚"，指头发稀少；"沧溟"，大水弥漫的样子，"沧溟空阔"，水天空阔。这两句表达词人的胸怀：自己虽然头发稀疏，两袖清风，但仍稳稳地泛舟在水天空阔的湖面上。

"尽挹西江，细斟北斗，万象为宾客。"这几句想象奇特，意思是：汲尽西江水以为酒，把北斗星当作酒器来舀酒喝，邀请天上星辰万象来做客。"扣舷独啸，不知今夕何夕"，扣着船舷放声长啸，高兴得连今夕是"近中秋"也忘记了。瑰丽的想象，让人有一种飘飘欲仙的感觉，好像灵魂都能得到净化。

◆　浪迹天涯的孤雁

青玉案·元夕

〔宋〕辛弃疾

东风夜放花千树，更吹落，星如雨。

宝马雕车香满路，凤箫声动，玉壶光转，一夜鱼龙舞。

蛾儿雪柳黄金缕，笑语盈盈暗香去。

众里寻他千百度，蓦然回首，那人却在，灯火阑珊处。

古代的元宵节，往往都会有灯会，现在的很多地方，都还保留着这一传统的习俗。因为有灯会，这一天也被称之为"上元灯节"，有许多诗词就是写元宵节看灯的，辛弃疾的《青玉案·元夕》就是其中比较有名的一首。

第一句里的"花千树"，形容灯火之多犹如千树花开一样；还有一种说法是，无数的树上挂满了彩灯。"星如雨"，"星"比喻灯；还有一种解释，形容满天的焰火如雨点。无论何种解释，这两句都是写灯与焰火的。

"宝马雕车香满路"，指那些看灯的游女们纷纷乘着油壁香车一路过来，路上似乎也隐隐约约闻到香味。"凤箫声动"指音乐演奏起来了。相传古代有对夫妇叫萧史和弄玉，善于吹箫，他们曾住在凤台，所以称箫为"凤箫"。"玉壶""鱼""龙"都是指各种各样的灯。"一夜鱼龙舞"，也许正像现在的鱼灯、龙灯，在人们手中左右挥舞，上下翻腾。上阕是写元宵节灯会的盛况，彻夜欢乐，真是"火树银花不夜天"。

词的下阕由物转而写人。"蛾儿"指游女，"雪柳黄金缕"都是指她们头上各种各样的饰品。据周密介绍，元宵节时，"妇人戴珠翠、闹蛾、玉梅、雪柳"等饰品。这些盛装的游女一个个雾鬓云鬟，边说笑边走过，只有衣香在暗中飘散。

"众里寻他千百度，蓦然回首，那人却在，灯火阑珊处。"在人群中寻找一个意中人，却总是找不到，忽然回首之间，她却在灯火零落的地方。读到此处可知，前面的写景是铺垫，后面的写人才是词的宗旨所在，意境多么深远。

梁启超称赞这首词是"自怜幽独，伤心人别有怀抱"。辛弃疾的词很多都以豪放著称，历来被归入"豪放"一派。然而这首词作中细腻的描写，巧妙的设景写人，连一些正宗的婉约派词人也写不过他。王国维《人间词话》曾经提到过这首词，认为人之成大事业者，必定要经历三个境界，而这首词最后几句就是三种境界中最高的一种。当然那是借用此词做比喻，同词本身关系不大，也同元夕赏灯无关。不过，正是由于王国维的说法，这首词更为人们所熟知了。

◆ 浪迹天涯的孤雁

夜宿田家

〔宋〕戴复古

> 簦笠相随走路歧，一春不换旧征衣。
>
> 雨行山崦黄泥坂，夜扣田家白板扉。
>
> 身在乱蛙声里睡，心从化蝶梦中归。
>
> 乡书十寄九不达，天北天南雁自飞。

戴复古是南宋江湖诗派的代表人，这首《夜宿田家》是他在浪迹江湖时写下的作品。"簦笠相随走路歧，一春不换旧征衣。""簦"是古代有柄的笠，据说样子类似后世的雨伞，"簦笠"即斗笠和雨具；"走路歧"是"走歧路"，表示行迹不定，四处漂泊；"征衣"，指远行者出门的衣服。这两句是说自己只身一人四处奔波，过了整整一春，只有与簦笠相随，连身上的衣服也没换过，风尘仆仆，十分辛苦。

"雨行山崦黄泥坂，夜扣田家白板扉"，"山崦"，山坳，山曲；"黄泥坂"即黄泥坡；"白板扉"，白色的木门。这两句沿着前两句而来，继续描写自己的行踪。雨行山中，经过黄泥坡的跋涉，到晚上才来到一家农户，刻画了旅途的艰苦和孤单，明白如话但描绘十分真切。所以接下去两句自然写他的疲劳："身在乱蛙声里睡，心从化蝶梦中归。""化蝶"用的是古时候庄子做梦化为蝴蝶的典故。庄周梦蝶本来是被别人用滥的典故，但他用在这里却显得很自然。

最后两句是醒了以后对自己身世的感叹："乡书十寄九不达，天北天南雁自飞。"由于自己到处漂泊，行踪不定，所以寄来的家书十有八九是收不到的，徒见那高空的鸿雁天南地北地飞去飞来。也可以理解为，诗人就像一只飞去飞来的孤雁。

"言为心声"，戴复古终生不仕，浪迹江湖，所以他写出的诗出自真心，不像后代有些身居高位或攀龙附凤的文人假清高，他们所谓的"隐居""山居"往往是给别人看的。

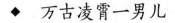

◆ 万古凌霄一男儿

狱中题壁

〔清〕谭嗣同

望门投止思张俭，忍死须臾待杜根。

我自横刀向天笑，去留肝胆两昆仑。

谭嗣同是近代中国改革的先驱，是中国最早觉醒的知识分子之一。他与康有为、梁启超等人主张变法维新，遭到保守派头子慈禧的反对，由于袁世凯的出卖，变法最后失败。

当慈禧为首的顽固派大肆搜捕维新派人士的时候，有朋友来给谭嗣同报信说，袁世凯已出卖变法维新的志士，朝廷已派人来抓他。谭嗣同愤慨不已，叫人赶快保护康、梁逃走，以保存革新力量，而自己却坐等捕快到来。别人劝他快逃，他却说历来变法革新都是要流血的，我们的改革还未流过血，现在就从我开始吧。他被捕入狱后，想到的不是自己，而是挂念着康、梁二人。但消息不通，他十分忧虑，于是在监狱的墙上写下了这首诗。

第一句"望门投止思张俭"，有一个典故。东汉末年，张俭弹劾宦官侯览，反被诬为结党营私，在困迫中逃亡，一路上看到有人家便去投宿，人们知道是张俭，都冒险接纳。这一句的意思是设想康有为、梁启超出奔，必然受到保护，安全离开，将来定有希望。

第二句"忍死须臾待杜根"，这里又有个典故。东汉时，杜根上书要求邓太后把政权归还给安帝，太后大怒，命人把杜根装在袋中摔死。执法的人同情他，未将他摔死。苏醒后，他装死三天，逃过太后检查，得以活下来，后来太后被杀，他又复官。这句话很明显在影射慈禧，自比杜根，希望以后能为维新事业再出力。

但后面笔锋一转，"我自横刀向天笑，去留肝胆两昆仑"。面对屠刀，我向天而笑，我深信维新事业总有一天要胜利的。康有为、梁启超他们脱身而去，是为了图谋将来而脱身。所以他说："我与林旭、刘光第等六人留下牺牲，是为了事业成功而献身。"去留表现形式不同，但肝胆相照，无私无畏，都像那高耸云霄的巍巍昆仑。